Short Stories

Short Stories

10

Gilbert K. Chesterton

The Secret Garden
Il giardino segreto

Traduzione: Mauro Formaggio

The Broken Sword Sign
All'insegna della spada spezzata

Traduzione: Marcella Maffi

Realizzazione: Edigeo s.r.l., Milano

Note a cura di: Elena Colombo e Gabriele Goldhofer, con Nigel J. Ross

Design di copertina: Theo Nelki

Stampa: Puntoweb s.r.l. - Ariccia (Roma) - 2016

G.K. Chesterton

The Secret Garden
Il giardino segreto
Traduzione di Mauro Formaggio

The Broken Sword Sign
All'insegna della spada spezzata
Traduzione di Marcella Maffi

LA BIBLIOTECA DI REPUBBLICA-L'ESPRESSO

Scopri il mondo delle Short Stories sul sito

www.short-stories.it

Nel sito il download gratuito
dei file audio dei racconti in lingua inglese

Introduzione

Per Gilbert Keith Chesterton l'attività letteraria fu sempre sussidiaria rispetto a quella pubblicistica, nella quale poteva meglio dispiegarsi il fervore ideologico delle sue scelte. Giornalista e polemista di gran razza, perseguì per tutta la vita, insieme ad altri intellettuali di fede cristiana (fra cui il fratello Cecil e soprattutto Hilaire Belloc, col quale ebbe un lungo e intenso sodalizio), il progetto di fondare una dottrina socioeconomica di ispirazione cattolica che costituisse una terza via fra capitalismo e socialismo. A tale dottrina Belloc aveva dato anche un nome, "distributismo", proprio perché propugnava la necessità di distribuire il più possibile nella popolazione la proprietà dei mezzi di produzione: una società fatta di tantissimi piccoli proprietari avrebbe debellato per sempre la lotta di classe, attraverso un sistema di cooperative molto simili, nell'idea generativa, alle corporazioni di medievale memoria. Era una dottrina percorsa da sensibili venature utopistiche, anche se trovava non fragili sponde nelle alte gerarchie vaticane, arrivando addirittura a influenzare la Rerum novarum *di Leone XIII (1891). E a quell'utopia Chesterton sentì il bisogno di dare un corpo anche filosofico-letterario con i romanzi* The Man Who Was Thursday *(1908) e* Manalive *(1912), tutti giocati sul complesso rapporto fra bene e male nelle relazioni sociali ed economiche all'interno di una comunità. Nel primo una società segreta di anarchici trama per sovvertire violentemente il mondo liberandolo dalla religione e dalle superstizioni, e un poliziotto infiltrato si trova sempre in bilico fra il dovere di smantellare l'organizzazione e l'attrattiva che gli ideali dei congiurati esercitano su di lui; mentre nel secondo un uomo dai comportamenti strani e addirittura criminali si rivela infine essere un perfetto cristiano, scrupoloso osservante dei dieci comandamenti.*

Nella complessità del rapporto tra bene e male è totalmente calato anche padre Brown, la più famosa creatura dello scrittore inglese, tormentato dalla compresenza di bene e male nella natura umana al punto da andarla a sperimentare soprattutto nelle sue più abiette manifestazioni, presso assassini o furfanti di ogni genere. La pietas *da lui esercitata non gli impedisce tuttavia di osservare con estrema attenzione la realtà dei fatti e dei comportamenti, e di trovare in essa connessioni nascoste o imprevedibili: nasce così il primo prete-detective nella storia del poliziesco, quasi un* divertissement *per uno scrittore così impegnato nella rifondazione del sociale, ma davvero un personaggio a*

tutto tondo che ritroviamo in oltre cinquanta racconti, aggiungendo via via sfaccettature e sottigliezze al suo carattere, anche se talora scoperte sono le intenzioni ideologiche o addirittura propagandistiche del suo creatore.
Nella prima short story *qui presentata,* The Secret Garden *(1910), padre Brown mette per un momento da parte i suoi rovelli filosofici e/o solidaristici, per far emergere in primo piano esclusivamente le sue qualità investigative. Il mistero, certo, è molto fitto. Durante una cena in casa di Aristide Valentin, capo della polizia di Parigi, viene scoperto in giardino il cadavere di uno sconosciuto con la testa spiccata dal busto. Lo sconcerto dei convitati, fra cui padre Brown, è massimo, in quanto il giardino è interamente circondato da un muro molto alto e invalicabile, e la casa ha un solo ingresso, sempre presidiato da Ivan, il fedele attendente di Valentin. Ospite d'onore della serata è Julius K. Brayne, un americano ricchissimo ed eccentrico, sempre pronto a finanziare con enormi donazioni movimenti religiosi anche minimi, purché disposti a progredire sull'analisi della relazione tra natura umana e natura divina. E tra gli altri ospiti spicca un ufficiale della Legione Straniera di nome O'Brien, che si presenta in divisa, con tanto di speroni e sciabola d'ordinanza per fare il filo a lady Margaret, figlia dell'iracondo e sospettoso lord Galloway, ambasciatore inglese.*
Ed è proprio lord Galloway, sulle tracce della figlia e di O'Brien appartatisi in giardino, a scoprire, inciampandoci, il cadavere ignoto. Un cadavere proprio nel giardino inaccessibile dell'inaccessibile casa del capo della polizia di Parigi? Padre Brown, silenzioso, osserva tutto, guidando però, con poche episodiche battute, che quasi si perdono nel caos generale, il corso degli eventi, sempre più complicati: basti dire che poco dopo una seconda testa viene trovata nei dintorni della casa, insieme alla sciabola di O'Brien, insanguinata fino all'elsa... Ma il sacerdote saprà in men che non si dica ricomporre il complesso puzzle, e additare indefettibilmente l'assassino, ovviamente il meno sospettabile fra tutti.
Ma Chesterton non resiste: ecco che nel movente dell'omicidio spuntano d'improvviso i temi ideologici a lui cari. Si tratta di problemi connessi con le ricche donazioni di Brayne, ma non per interesse personale, bensì per la superiore causa dell'anticlericalismo, nell'ambito del conflitto spesso acerrimo che contrapponeva laici e confessionali nell'Europa del primo Novecento. Soluzione certo un po' bizzarra dal punto di vista narrativo (sembra decisamente sproporzionato che per impedire una donazione alla Chiesa si arrivi a uccidere un uomo), ma invece perfettamente coerente con la battaglia sociale – e quindi con la propaganda, col mettere gli avversari in cattiva luce – cui Chesterton si era dedicato anima e corpo: l'unica battaglia che in vita sua abbia davvero combattuto.

Nel secondo racconto qui presentato, The Broken Sword Sign *(1911), padre Brown è in gran forma, nonostante il clima gelido e il paesaggio spettrale in cui si trova. Sta infatti visitando in pieno inverno la tomba del generale Arthur St Clare, personaggio immaginario morto dopo una battaglia persa in una guerra altrettanto immaginaria tra Inghilterra e Brasile. Il generale, secondo la versione ufficiale, sarebbe stato impiccato dal comandante Olivier, destinato a diventare presidente del Brasile. Ma padre Brown sente puzza di bruciato, sia perché la magnanimità di Olivier verso i prigionieri era stranota, sia perché St Clare, soldato di lungo corso e di onorata e sagace carriera, aveva condotto un attacco assolutamente scriteriato, facendo impantanare il suo piccolo battaglione allo scoperto, e facendolo perciò falcidiare dall'artiglieria nemica.*

E infatti, basandosi su alcuni documenti e sul mistero della spada spezzata, che ricorre in ogni iconografia dell'eroe nazionale St Clare, arriva a ricostruire una verità del tutto diversa, in cui i presunti santi diventano diavoli, gli assassini cambiano nome e divisa, e la giustizia, pur andata in porto, deve restare segreta. Anche padre Brown, una volta risolto il "caso", deciderà di tenere per sé la soluzione, per non turbare gli equilibri di una ragion di stato che ormai sull'episodio ha emesso la sua menzognera e definitiva verità.

Ancora una volta il bene e il male si mescolano e si confondono, scambiandosi piùvolte le parti, e disegnando infine un mondo costituzionalmente ambiguo, forse esattamente il contrario di quello che la fede di Chesterton, prima cristiana anglicana e poi cattolica, avrebbe dovuto imporre allo scrittore. Ma questi, si sa, sono i miracoli della letteratura.

The Secret Garden

Il giardino segreto

Aristide Valentin, capo della polizia di Parigi, era in ritardo per la cena e alcuni dei suoi ospiti stavano già arrivando prima del suo rientro a casa. Vennero tranquillizzati dal suo fidato servitore Ivan, un uomo anziano, segnato da una cicatrice, e con un viso quasi altrettanto grigio quanto i suoi baffi, che stava sempre seduto a un tavolo nell'atrio, un ampio locale alle cui pareti erano appese varie armi. La casa di Valentin era singolare e ammirata, forse quanto il suo padrone. Era un vecchio edificio, con alti muri e pioppi slanciati quasi a strapiombo sulla

Aristide Valentin, Chief of the Paris Police,[1] was late for his dinner, and some of his guests began to arrive before him. These were, however, reassured by his confidential servant,[2] Ivan, the old man with a scar, and a face almost as grey as his moustaches, who always sat at a table in the entrance hall – a hall hung with weapons. Valentin's house was perhaps as peculiar and celebrated as its master. It was an old house, with high walls and tall poplars almost overhanging the Seine;

---

[1] **Paris Police** – in questo caso, *Paris* è usato in funzione di aggettivo (di Parigi, parigino), similmente ad altri termini che presentano la stessa forma del sostantivo e vengono scritti con l'iniziale maiuscola (*the London Underground*, la metropolitana di Londra; *the Milan trade fair*, la fiera di Milano). Esistono anche veri e propri aggettivi relativi ad alcune città, come *Parisian* o *Milanese*, che non si riferiscono alla città in quanto luogo geografico ma piuttosto al suo stile di vita o ad alcune caratteristiche tipiche: *a Parisian restaurant* (un ristorante tipicamente parigino).

[2] **confidential servant** – *confidential* significa generalmente "confidenziale", "riservato", ed è usato perlopiù in riferimento a notizie o documenti. Diversamente dall'equivalente italiano, se riferito a una persona, *confidential* significa "segreto" ed è usato soprattutto in ambito politico e militare (*confidential agent*, agente segreto). Il *confidential servant* di cui si parla nel racconto è invece un "domestico fidato" che, come si vedrà più avanti, rappresenta anche una sorta di aiutante di Valentin nelle sue indagini; l'uso dell'aggettivo *confidential*, interpretabile in due modi diversi, è quindi un'allusione al doppio ruolo assunto dal domestico.

Senna, ma la particolarità della sua conformazione architettonica, e forse il pregio dal punto di vista di un tutore dell'ordine, era la seguente: che non vi era nessuna via d'uscita verso l'esterno se non attraverso la porta che dava sull'atrio e che era sorvegliata da Ivan e dall'armamentario alle pareti. Il giardino era vasto ed elaborato, e dalla casa vi si poteva accedere attraverso molti passaggi. Non c'era però nessuna uscita dal giardino verso l'esterno; tutto intorno a esso si ergeva infatti un muro alto, liscio e impossibile da scalare, orlato lungo il bordo superiore da punte acuminate; un giardino niente male, forse, per le meditazioni di un uomo che diverse centinaia di criminali avevano giurato di uccidere.

Come spiegò Ivan agli ospiti, il loro anfitrione aveva telefonato dicendo che avrebbe tardato dieci minuti. Per la verità stava dando le ultime disposizioni per le esecuzioni e altre spiacevolezze; e benché quelle incombenze gli ripugnassero nell'intimo, egli vi adempiva sempre con precisione. Implacabile nel perseguire i criminali, era invece molto mite nel punirli. Sin da quando aveva primeggiato nei metodi polizieschi francesi, e in buona misura anche in quelli europei, la sua grande influenza era stata meritoriamente spesa per la mitigazione delle pene e per la purificazione delle carceri. Era uno dei grandi liberi pensatori umanitari francesi, e l'unica cosa che non va in loro è che rendono la misericordia più gelida ancora della giustizia.

Quando arrivò, Valentin era già abbigliato in abito da sera, con tanto di rosetta rossa, la figura elegante, la barba nera già striata di grigio. Attraversò tutta la casa e andò direttamente nel suo studio che dava sul giardino retrostante. La porta verso il giardino era aperta e, dopo che ebbe scrupolosamente messo sotto chiave la sua cassetta nel luogo deputato, egli si soffermò per alcuni secondi su quella soglia, guardando il giardino. Una falce di luna stava battagliando con

but the oddity – and perhaps the police value – of its architecture was this: that there was no ultimate exit at all except through this front door, which was guarded by Ivan and the armoury. The garden was large and elaborate, and there were many exits from the house into the garden. But there was no exit from the garden into the world outside; all round it ran a tall, smooth, unscalable wall with special spikes at the top; no bad garden, perhaps, for a man to reflect in whom some hundred criminals had sworn to kill.

As Ivan explained to the guests, their host had telephoned that he was detained for ten minutes. He was, in truth, making some last arrangements about executions and such ugly things; and though these duties were rootedly repulsive to him, he always performed them with precision. Ruthless in the pursuit of criminals, he was very mild about their punishment. Since he had been supreme over French – and largely over European – policial methods, his great influence had been honourably used for the mitigation of sentences and the purification of prisons. He was one of the great humanitarian French freethinkers; and the only thing wrong with them is that they make mercy even colder than justice.

When Valentin arrived he was already dressed in black clothes and the red rosette[3] – an elegant figure, his dark beard already streaked with grey. He went straight through his house to his study, which opened on the grounds behind. The garden door of it was open, and after he had carefully locked his box in its official place, he stood for a few seconds at the open door looking out upon the garden. A sharp moon was fighting[4]

[3] **red rosette** – si tratta del distintivo della *Légion d'honneur* (Legion d'onore), in inglese *Legion of Honour*, l'onorificenza più alta attribuita dalla repubblica francese.

[4] **A sharp moon was fighting** – questa metafora della battaglia (letteralmente "una luna tagliente stava combattendo") è significativa per la trama del racconto. Il protagonista, Valentin, di solito molto razionale, guarda alla realtà influenzato dalle proprie emozioni: prova infatti una certa inquietudine, quasi un presagio.

brandelli sfilacciati di nubi temporalesche e Valentin la contemplò con una pensosità inconsueta in una mente scientifica qual era la sua. Può darsi però che tali menti scientifiche abbiano una qualche premonizione del problema più terribile che incombe sulla loro vita. Comunque egli si riprese rapidamente da quelle imperscrutabili meditazioni, perché sapeva di essere in ritardo e che i suoi ospiti avevano già incominciato ad arrivare. A ogni buon conto, un'occhiata al suo salotto, nel rincasare, era stata sufficiente ad accertare che il suo ospite principale non era ancora là. Aveva visto le altre colonne della piccola compagnia: aveva visto lord Galloway, l'ambasciatore inglese, un vecchio collerico dalla faccia rubizza come una mela, che portava il nastrino blu dell'Ordine della Giarrettiera. Aveva visto lady Galloway, snella e filiforme, con la capigliatura argentea e il volto espressivo e un po' superbo. Aveva notato la loro figlia, lady Margaret Graham, una giovane pallida e graziosa con un viso birichino e i capelli ramati. Aveva visto la duchessa di Mont Saint Michel, robusta e dagli occhi neri, e le sue due figlie, anch'esse robuste e dagli occhi neri. Aveva visto il dottor Simon, un tipico scienziato francese, con gli occhiali, il pizzo

with the flying rags and tatters[5] of a storm, and Valentin regarded it with a wistfulness unusual in such scientific natures as his. Perhaps such scientific natures have some psychic prevision of the most tremendous problem of their lives. From any such occult mood, at least, he quickly recovered, for he knew he was late, and that his guests had already begun to arrive. A glance at his drawing-room when he entered it was enough to make certain that his principal guest was not there, at any rate. He saw all the other pillars of the little party; he saw Lord Galloway, the English Ambassador – a choleric old man with a russet face like an apple, wearing the blue ribbon of the Garter.[6] He saw Lady Galloway, slim and thread-like, with silver hair and a face sensitive and superior. He saw her daughter, Lady Margaret Graham, a pale and pretty girl with an elfish face and copper-coloured hair. He saw the Duchess of Mont St Michel, black-eyed and opulent, and with her her two daughters, black-eyed and opulent also. He saw Dr Simon, a typical French scientist, with glasses, a

[5] **rags and tatters** – sia la parola *rag* sia *tatter* equivalgono all'italiano "straccio", "cencio"; l'espressione *rags and tatters* è quindi una sorta di locuzione pleonastica che significa in senso concreto "abiti vecchi e logori". In senso figurato assume invece il significato di "rovinato", "disfatto", e nel racconto si riferisce a una tempesta di cui sono rimasti ormai solo gli ultimi "brandelli sfilacciati di nubi" contro i quali la luna combatte.

[6] **blue ribbon of the Garter** – si tratta del nastro blu dello stemma conferito ai membri del Most Noble Order of the Garter (Nobilissimo Ordine della Giarrettiera), il più importante ordine cavalleresco inglese, istituito dal re Edoardo III intorno al 1348. Narra la leggenda che durante un ballo tenutosi a corte la contessa di Salisbury avrebbe perso una giarrettiera, che venne raccolta e restituita alla dama dal re in persona con le parole francesi, rivolte agli astanti, *Honi soit qui mal y pense* (Sia svergognato colui che pensa male). Queste parole sono diventate il motto dell'ordine e pertanto sono incise in caratteri dorati sullo stemma.

castano e la fronte segnata da quelle rughe parallele che sono lo scotto da pagare all'altezzosità, in quanto si formano quando si alzano costantemente le sopracciglia. Aveva visto padre Brown, di Cobhole, nell'Essex, che aveva incontrato di recente in Inghilterra. E aveva visto, forse con più interesse che per chiunque altro, un uomo alto in uniforme, che si era inchinato ai Galloway senza ricevere nessun riscontro cordiale e che ora stava avvicinandosi da solo per porgere i suoi omaggi al suo anfitrione. Costui era il maggiore O'Brien, della Legione straniera francese. Di figura snella eppure un po' spavalda, accuratamente rasato, bruno, dagli occhi azzurri e, come pareva naturale in un ufficiale di quel reggimento così celebre per i vittoriosi fallimenti e per i ben riusciti suicidi, con un'aria ardita e insieme malinconica. Nato da una famiglia della piccola nobiltà irlandese, aveva conosciuto quand'era ragazzo i Galloway, soprattutto Margaret Graham. Aveva lasciato il suo paese per problemi di debiti e ora manifestava la sua completa libertà dall'etichetta britannica andandosene in giro in uniforme, con tanto di sciabola e speroni. Quando aveva fatto il suo inchino alla famiglia dell'ambasciatore, lord e lady Galloway avevano ricambiato, rigidi, e lady Margaret aveva guardato da un'altra parte.

pointed brown beard,[7] and a forehead barred with those parallel wrinkles which are the penalty of superciliousness,[8] since they come through constantly elevating the eyebrows. He saw Father Brown, of Cobhole, in Essex, whom he had recently met in England. He saw – perhaps with more interest than any of these – a tall man in uniform, who had bowed to the Galloways without receiving any very hearty acknowledgment, and who now advanced alone to pay his respects to his host. This was Commandant O'Brien,[9] of the French Foreign Legion. He was a slim yet somewhat swaggering figure, clean-shaven, dark-haired, and blue-eyed, and, as seemed natural in an officer of that famous regiment of victorious failures and successful suicides, he had an air at once dashing and melancholy. He was by birth an Irish gentleman, and in boyhood had known the Galloways – especially Margaret Graham. He had left his country after some crash of debts, and now expressed his complete freedom from British etiquette by swinging about in uniform, sabre and spurs. When he bowed to the Ambassador's family, Lord and Lady Galloway bent stiffly, and Lady Margaret looked away.

[7] **beard** – questa parola è pronunciata con lo stesso suono vocalico di *cleared* (chiarito) o *feared* (temuto) e non, come invece spesso si suppone, con quello di *heard* (sentito) o *bird* (uccello).

[8] **superciliousness** – sostantivo derivato dall'aggettivo *supercilious* (arrogante, superbo) tramite l'aggiunta del suffisso *-ness*, tipico dei termini derivati da aggettivi che esprimono qualità. L'origine della parola è il latino *supercilium* (sopracciglio). Per quanto riguarda la pronuncia, l'accento di *superciliousness* si trova sulla prima *i*, mentre la *c* all'interno della parola rappresenta una *s* sorda.

[9] **O'Brien** – si tratta di un tipico cognome irlandese; la *O* seguita dall'apostrofo deriva dall'antico irlandese *ua* ("nipote di" oppure "discendente di"): in origine si trattava di una *Ó* accentata che indicava la discendenza di una persona da un antenato illustre. L'accento fu erroneamente sostituito con un apostrofo dagli inglesi durante il processo di anglicizzazione dei cognomi irlandesi.

Tuttavia, quali che fossero i vecchi motivi per i quali quelle persone potevano provare interesse le une per le altre, l'illustre anfitrione non nutriva per loro nessun interesse speciale. Perlomeno, nessuno di loro era ai suoi occhi il vero ospite della serata. Valentin stava aspettando, per ragioni precise, un uomo di fama mondiale, che si era fatto amico durante alcune delle sue trionfali trasferte investigative negli Stati Uniti. Aspettava Julius K. Brayne, il multimilionario che con le sue colossali e persino travolgenti donazioni a piccoli movimenti religiosi aveva suscitato un così facile dileggio e un ancor più facile sussiego nella stampa inglese e americana. Nessuno era in grado di appurare se il signor Brayne fosse ateo, o mormone, o cristiano scientista; egli però era pronto a versare denaro in qualsiasi contenitore intellettuale, purché fosse ancora inesplorato. Uno dei suoi passatempi preferiti era quello di stare in attesa dello Shakespeare americano, un passatempo che richiedeva più pazienza della pesca. Ammirava Walt Whitman, però riteneva che Luke P. Tanner, di Paris, in Pennsylvania, fosse di gran lunga più "progressista" di Whitman. Amava qualsiasi cosa che riteneva "progressista". Riteneva "progressista" anche Valentin, facendogli con ciò un grave torto.

La massiccia apparizione di Julius K. Brayne nella stanza fu decisiva come la campanella della cena. Egli aveva questa grande qualità, che pochissimi di noi possono vantare: la sua presenza era altrettanto ingombrante quanto la sua assenza. Era un tipo corpulento, largo quanto era alto, abbigliato nel nero integrale dell'abito da sera, senza la minima concessione alla varietà, quale poteva essere una catena da orologio o un anello. I capelli erano bianchi, e spazzolati all'indietro come quelli di un tedesco; il volto era rubizzo, duro e risplendente

But for whatever old causes such people might be interested in each other, their distinguished host was not specially interested in them. No one of them at least was in his eyes the guest of the evening. Valentin was expecting, for special reasons, a man of world-wide fame, whose friendship he had secured during some of his great detective tours and triumphs in the United States. He was expecting Julius K. Brayne, that multi-millionaire whose colossal and even crushing endowments of small religions have occasioned so much easy sport and easier solemnity for the American and English papers. Nobody could quite make out whether Mr Brayne was an atheist or a Mormon or a Christian Scientist; but he was ready to pour money into any intellectual vessel, so long as it was an untried vessel. One of his hobbies was to wait for the American Shakespeare – a hobby more patient than angling. He admired Walt Whitman,[10] but thought that Luke P. Tanner, of Paris, Pa., was more "progressive" than Whitman any day. He liked anything that he thought "progressive." He thought Valentin "progressive," thereby doing him a grave injustice.

The solid appearance of Julius K. Brayne in the room was as decisive as a dinner bell. He had this great quality, which very few of us can claim, that his presence was as big as his absence. He was a huge fellow, as fat as he was tall, clad[11] in complete evening black, without so much relief as a watch-chain or a ring. His hair was white and well brushed back like a German's; his face was red, fierce and cherubic, with one

---

[10] **Walt Whitman** – celebre poeta statunitense (1819-1892), autore della raccolta di componimenti *Leaves of Grass* ("Foglie d'erba"), che influenzerà profondamente la poesia degli Stati Uniti.

[11] **clad** – si tratta di una forma antiquata del participio passato di *to clothe* (vestire), oggi sostituita da *clothed.* La forma *clad* si trova ancora in alcuni aggettivi composti, come per esempio *snow-clad* (coperto di neve), *steel-clad* (rivestito d'acciaio) oppure *armour-clad* (letteralmente "rivestito di corazza", quindi "corazzato").

come quello di un cherubino, con un ciuffetto di barba scura sotto il labbro inferiore che dava un tono al suo viso, altrimenti infantile, con un effetto teatrale e persino mefistofelico. Il salone fece tuttavia appena in tempo a fissare l'illustre americano, il cui ritardo era ormai diventato un problema domestico, che questi venne spedito in tutta fretta verso la stanza da pranzo, con al braccio lady Galloway.

I Galloway erano abbastanza simpatici e cordiali, tranne che per un solo aspetto. Fintanto che lady Margaret non prendeva il braccio di quell'avventuriero di O'Brien, suo padre se ne restava tranquillo; e lei se ne era astenuta, facendo il suo ingresso in sala da pranzo dignitosamente al braccio del dottor Simon. Nondimeno, l'anziano lord Galloway rimaneva inquieto e quasi scortese. Durante la cena fu sufficientemente diplomatico ma quando poi, al momento dei sigari, tre degli uomini più giovani – Simon il dottore, Brown il prete e il deleterio O'Brien, l'espatriato in uniforme straniera – si dileguarono per unirsi alle signore o per fumare nella serra, il diplomatico inglese diventò assai poco diplomatico. Ogni sessanta secondi lo tormentava l'idea che quel briccone di O'Brien potesse in qualche maniera fare dei cenni a Margaret; non si provò neanche a immaginare in quale maniera. Era rimasto a prendere il caffè con Brayne, lo yankee canuto che credeva in tutte le religioni, e Valentin, il francese brizzolato che non credeva in nessuna. Quei due disputavano fra loro, senza che né l'uno né l'altro

dark tuft under the lower lip that threw up that otherwise infantile visage with an effect theatrical and even Mephistophelean.[12] Not long, however, did that *salon* merely stare at the celebrated American; his lateness had already become a domestic problem, and he was sent with all speed into the dining-room with Lady Galloway upon his arm.

Except on one point the Galloways were genial and casual enough. So long as Lady Margaret did not take the arm of that adventurer O'Brien, her father was quite satisfied; and she had not done so, she had decorously gone in with Dr Simon. Nevertheless, old Lord Galloway was restless and almost rude. He was diplomatic enough during dinner, but when, over the cigars, three of the younger men – Simon the doctor, Brown the priest, and the detrimental O'Brien, the exile in a foreign uniform – all melted away to mix with the ladies or smoke in the conservatory,[13] then the English diplomatist grew very undiplomatic indeed. He was stung every sixty seconds with the thought that the scamp O'Brien might be signalling to Margaret somehow; he did not attempt to imagine how. He was left over the coffee with Brayne, the hoary Yankee who believed in all religions, and Valentin, the grizzled Frenchman who believed in none. They could argue with each other, but neither could appeal to him. After

[12] **effect theatrical and even Mephistophelean** – i due aggettivi in questo caso sono posposti al sostantivo per dare loro un'enfasi quasi drammatica. Altrettanto corretta, ma meno espressiva, sarebbe stata una costruzione come *with a theatrical and even Mephistophelean effect.* L'intero passo dipinge Brayne come un personaggio dall'aspetto ambiguo: nella medesima frase il suo viso viene descritto come *fierce* (crudele, duro) e al contempo *cherubic* (da cherubino), sfociando infine in un'associazione al personaggio faustiano di Mefistofele.

[13] **conservatory** – questo termine può anche significare "conservatorio", ma nel caso specifico si tratta invece di un *false friend,* poiché è sinonimo di *green house* e indica una "serra".

riuscisse a suscitare il suo interesse. Dopo un po' questa logomachia "progressista" si era fatta noiosa; lord Galloway si alzò e cercò il salotto. Si perse però in lunghi corridoi per sei o otto minuti, finché non udì la voce alta e pedante del dottore, e poi quella velata del prete, seguite da una risata generale. Anche loro, gli venne in mente con un'imprecazione, stavano probabilmente discutendo di "scienza e religione". Ma nel momento in cui aprì la porta del salone egli vide solamente una cosa: vide che cosa non era là. Vide che il maggiore O'Brien era assente e notò che mancava anche lady Margaret.

Uscendo dal salotto spazientito, così come prima dalla sala da pranzo, egli ripercorse il corridoio con passi decisi. Quella di dover proteggere la figlia da quel buono a nulla di irlandese-algerino era diventata un'idea fissa, persino ossessiva. Mentre si dirigeva verso il retro della casa, dove si trovava lo studio di Valentin, fu sorpreso di incontrare sua figlia che gli sfilò dinanzi pallida in volto e con un'aria sdegnosa, il che fu per lui un secondo mistero. Se era stata con O'Brien, dov'era mai lui? E se non era stata con O'Brien, dov'era stata? In preda a una sorta di cocente sospetto senile egli cercò a tentoni la strada verso le parti buie della villa, sul retro, finché non trovò un

a time this "progressive" logomachy had reached a crisis of tedium; Lord Galloway got up also and sought the drawing-room. He lost his way in long passages for some six or eight minutes: till he heard the high-pitched, didactic voice of the doctor, and then the dull voice of the priest, followed by general laughter. They also, he thought with a curse, were probably arguing about "science and religion." But the instant he opened the *salon* door he saw only one thing – he saw what was not there. He saw that Commandant O'Brien was absent, and that Lady Margaret was absent too.

Rising impatiently from the drawing-room, as he had from the dining-room, he stamped[14] along the passage once more. His notion of protecting his daughter from the Irish-Algerian ne'er-do-weel[15] had become something central and even mad in his mind. As he went towards the back of the house, where was Valentin's study, he was surprised to meet his daughter, who swept past with a white, scornful face, which was a second enigma. If she had been with O'Brien, where was O'Brien? If she had not been with O'Brien, where had she been? With a sort of senile and passionate suspicion he groped his way to the dark back parts of the mansion, and eventually found a servants'

[14] **stamped** – si tratta del passato del verbo *to stamp*, che significa "battere i piedi", "camminare con passo deciso". La lingua inglese impiega svariati verbi per indicare i diversi modi di camminare: per esempio *to trample* ("camminare con passo pesante" oppure, usato transitivamente, "pestare", "calpestare"); *to stride* (camminare a passi lunghi), che compare poche righe più avanti; *to plod* e *to trudge* (camminare a fatica, arrancare); *to totter* (barcollare).

[15] **ne'er-do-weel** – variante scozzese dell'espressione *ne'er-do-well*, che riproduce la forma parlata di *never-do-well* (letteralmente "chi mai fa bene") e significa "fannullone", "buono a nulla". Ne sono sinonimi *idler*, *sluggard* o, di registro colloquiale, *lazybone.*

passaggio per la servitù che dava sul giardino. La luna con la sua lama arcuata aveva ormai squarciato e spazzato via tutti i relitti temporaleschi. La sua luce argentea illuminava l'intero giardino. Una figura alta in abito blu stava camminando attraverso il prato verso la porta dello studio; un riflesso dell'argento lunare sulle sue mostrine lo rivelò per il maggiore O'Brien.

Questi si dileguò all'interno della casa passando dalla porta finestra e lasciando lord Galloway in uno stato mentale indescrivibile, livoroso e insieme indeciso. Il giardino dai riflessi argentei e turchini, come in una scena teatrale, pareva provocarlo con tutta quella tirannica tenerezza contro la quale si batteva la sua potestà terrena. La falcata lunga ed elegante dell'irlandese lo faceva infuriare come se egli fosse un rivale e non un padre; il chiaro di luna lo stregava. Era prigioniero come per incantesimo in un giardino di trovatori, in un regno delle fate, come in certi quadri di Watteau; e volendo infrangere con la parola quelle amorose imbecillità seguì lesto il suo avversario. Nel farlo inciampò in una radice, o in un sasso nell'erba; guardò in basso prima con irritazione, poi con curiosità. L'istante successivo la luna e gli alti pioppi assistettero a uno spettacolo insolito: un anziano diplomatico inglese che correva affannosamente e intanto gridava e sbraitava.

entrance that opened on to the garden. The moon with her scimitar had now ripped up and rolled away all the storm-wrack.[16] The argent light lit up all four corners of the garden. A tall figure in blue was striding across the lawn towards the study door; a glint of moonlit silver on his facings picked him out as Commandant O'Brien.

He vanished through the French windows into the house, leaving Lord Galloway in an indescribable temper, at once virulent and vague. The blue-and-silver garden, like a scene in a theatre, seemed to taunt him with all that tyrannic tenderness against which his worldly authority was at war. The length and grace of the Irishman's stride enraged him as if he were a rival instead of a father; the moonlight maddened him. He was trapped as if by magic into a garden of troubadours, a Watteau fairyland;[17] and, willing to shake off such amorous imbecilities by speech, he stepped briskly after his enemy. As he did so he tripped over some tree or stone in the grass; looked down at it first with irritation and then a second time with curiosity. The next instant the moon and the tall poplars looked at an unusual sight[18] – an elderly English diplomatist running hard and crying or bellowing as he ran.

[16] **The moon with her scimitar...** – viene ripresa la metafora della battaglia usata in precedenza. L'immagine è rafforzata grazie all'allitterazione della consonante *r*. Il pronome possessivo *her* indica che in questo contesto la luna, solitamente di genere neutro in inglese, è personificata e considerata di genere femminile.

[17] **Watteau fairyland** – il pittore francese Jean-Antoine Watteau (1684-1721) fu tra i maggiori e più raffinati interpreti del genere delle feste galanti (*Imbarco per Citera*, 1717), che rappresentò con scenari bucolici e atmosfere sognanti, distinguendosi per la tavolozza vivace e scintillante.

[18] **The next instant...** – il punto di vista dal quale viene seguita la vicenda si sposta frequentemente. L'autore usa l'espediente di un narratore che può immedesimarsi in qualsiasi personaggio o guardare tutto dall'esterno. È curioso come in questo passo del testo la scena venga osservata dalla luna e dai pioppi, assumendo una connotazione vagamente ridicola. La tendenza a sdrammatizzare e a creare un certo distacco è evidente anche più avanti, quando il narratore dice di Valentin: *It was almost amusing to note his typical transformation* (Fu quasi divertente notare la sua caratteristica trasformazione).

I suoi urli scomposti fecero comparire alla porta dello studio la faccia pallida, le lenti luccicanti e l'espressione apprensiva del dottor Simon, che udì le prime parole articolate del nobiluomo. Lord Galloway stava urlando: "Un cadavere nell'erba, un cadavere insanguinato". Finalmente O'Brien gli era del tutto uscito di mente.

"Dobbiamo avvertire subito Valentin" disse il dottore, dopo che l'altro ebbe descritto frammentariamente tutto ciò che aveva avuto il coraggio di esaminare. "Meno male che è qui"; e, mentre stava ancora parlando, il grande investigatore entrò nello studio, attirato dalle urla. Fu quasi divertente notare la sua caratteristica trasformazione: era accorso per la normale premura del padrone di casa e del gentiluomo, preoccupato che qualche suo ospite o qualche domestico stesse male. Quando gli venne riferito il fatto cruento, egli, da serio e compassato qual era, si fece all'istante tutto energico e pratico, giacché quel fatto, per quanto improvviso e orribile, ricadeva nell'ambito della sua professione.

"Signori miei, che strano" disse mentre si precipitavano fuori, in giardino, "ho inseguito misteri in ogni parte del globo e ora ce n'è uno che viene a piazzarsi proprio qui, sul retro di casa mia. Ma dov'è il luogo?". Attraversarono il prato meno agevolmente, perché dal fiume aveva incominciato a levarsi una rada nebbia; però con Galloway come guida, seppure ancora scosso, trovarono il corpo affondato nell'erba alta: il corpo di un uomo molto alto e dalle spalle larghe. Giaceva a faccia in giù, cosicché potevano solamente vedere che le larghe spalle erano rivestite di tessuto nero e che la grossa testa era calva, eccetto che per una ciocca o due di capelli castani che restavano appiccicati al cranio come alghe marine intrise d'acqua. Da sotto la faccia, riversa a terra, avanzava lentamente un rivolo di sangue che pareva un serpente scarlatto.

"Almeno" disse Simon, con tono grave e insolito, "non è nessuno della nostra compagnia".

His hoarse shouts brought a pale face to the study door, the beaming glasses and worried brow of Dr Simon, who heard the nobleman's first clear words. Lord Galloway was crying: "A corpse in the grass – a blood-stained corpse." O'Brien at last had gone utterly out of his mind.

"We must tell Valentin at once," said the doctor, when the other had brokenly described all that he had dared to examine. "It is fortunate that he is here"; and even as he spoke the great detective entered the study, attracted by the cry. It was almost amusing to note his typical transformation; he had come with the common concern of a host and a gentleman, fearing that some guest or servant was ill. When he was told the gory fact, he turned with all his gravity instantly bright and business-like; for this, however abrupt and awful, was his business.

"Strange, gentlemen," he said as they hurried out into the garden, "that I should have hunted mysteries all over the earth, and now one comes and settles in my own back-yard. But where is the place?" They crossed the lawn less easily, as a slight mist[19] had begun to rise from the river; but under the guidance of the shaken Galloway they found the body sunken in deep grass – the body of a very tall and broad-shouldered man. He lay face downwards, so they could only see that his big shoulders were clad in black cloth, and that his big head was bald, except for a wisp or two of brown hair that clung to his skull like wet seaweed. A scarlet serpent of blood crawled from under his fallen face.

"At least," said Simon, with a deep and singular intonation, "he is none of our party."

[19] **mist** – termine indicante una nebbia non densa, leggera; può essere tradotto con "foschia" o "nebbiolina". Altre parole dello stesso ambito semantico sono *haze* ("caligine" prodotta da fumi o dall'afa), che apparirà più avanti nel testo, e *fog*, che indica una *thick mist*, quindi una "nebbia fitta".

"Esaminatelo, dottore" disse a voce alta Valentin, piuttosto seccamente. "Può darsi che non sia morto."

Il dottore si chinò. "Non è del tutto freddo, tuttavia temo proprio che sia morto" rispose. "Aiutatemi solamente a tirarlo su."

Lo sollevarono di pochi centimetri dal terreno, con circospezione, e tutti i dubbi sulla sua morte effettiva vennero risolti all'istante e in modo spaventoso. La testa cadde giù. Era stata completamente recisa dal tronco; chi gli aveva tagliato la gola era riuscito anche a tagliare il collo per intero. Persino Valentin fu leggermente impressionato. "Dev'essere stato forte come un gorilla" mormorò.

Non senza un brivido, benché fosse avvezzo alla vista di malformazioni anatomiche, il dottor Simon raccolse la testa. C'erano modeste abrasioni intorno al collo e alla mascella, ma la faccia era sostanzialmente integra. Una faccia massiccia, giallastra, infossata e insieme gonfia, con naso aquilino e palpebre pesanti, una faccia da perverso imperatore romano, con qualche tratto che poteva forse far pensare a un imperatore cinese. Tutti i presenti parvero guardarla con il più freddo occhio dell'ignoranza. Non si poté notare nient'altro di quell'uomo, se non che quando ne ebbero sollevato il corpo avevano scorto al di sotto il bianco chiarore di uno sparato di camicia, lordato da un rosso barbaglio di sangue. Come aveva detto il dottor Simon, quell'uomo non era mai stato della loro compagnia. Tuttavia poteva benissimo darsi che stesse tentando di unirsi a essa, poiché era arrivato con l'abbigliamento adatto a un'occasione come quella.

Valentin si mise carponi ed esaminò con la massima attenzione professionale l'erba e il terreno per una ventina di metri intorno al

"Examine him, doctor," cried Valentin rather sharply. "He may not be dead."

The doctor bent down. "He is not quite cold, but I am afraid he is dead enough," he answered. "Just help me to lift him up."

They lifted him carefully an inch from the ground, and all doubts as to his being really dead were settled at once and frightfully. The head fell away. It had been entirely sundered from the body; whoever had cut his throat had managed to sever[20] the neck as well. Even Valentin was slightly shocked. "He must have been as strong as a gorilla," he muttered.

Not without a shiver, though he was used to anatomical abortions, Dr Simon lifted the head. It was slightly slashed about the neck and jaw, but the face was substantially unhurt. It was a ponderous, yellow face, at once sunken and swollen, with a hawk-like nose and heavy lids – the face of a wicked Roman emperor, with, perhaps, a distant touch of a Chinese emperor. All present seemed to look at it with the coldest eye of ignorance. Nothing else could be noted about the man except that, as they had lifted his body, they had seen underneath it the white gleam of a shirt-front defaced with a red gleam of blood. As Dr Simon said, the man had never been of their party. But he might very well have been trying to join it, for he had come dressed for such an occasion.

Valentin went down on his hands and knees and examined with his closest professional attention the grass and ground for some twenty yards[21]

---

[20] **to sever** – verbo che significa "tagliare", "recidere"; non viene pronunciato con una *i* lunga come in *fever*, bensì con una *e* breve come in *seven* (sette), *clever* (intelligente) oppure *never* (mai).

[21] **yards** – la *yard*, spesso abbreviata in *yd*, è un'unità di misura anglosassone che corrisponde a 0,914 metri. In italiano il termine può rimanere invariato oppure essere adattato in "iarda". È ancora comune negli Stati Uniti, mentre in Gran Bretagna, dove l'unità di misura ufficiale è ormai diventata il metro, viene usata soprattutto dalle persone più anziane.

corpo, in ciò assistito con meno competenza dal dottore e alquanto approssimativamente dal lord inglese. Niente tuttavia ricompensò quel loro frugare eccetto alcuni ramoscelli, spezzati o tagliati in pezzetti cortissimi, che Valentin raccolse per esaminarli sommariamente e poi gettò via.

"Ramoscelli" disse in tono grave, "ramoscelli, e un perfetto estraneo con la testa tagliata; non c'è altro, su questo prato".

Aleggiava un silenzio quasi da far accapponare la pelle, ma poi Galloway, che aveva i nervi ancora molto tesi, gridò con voce acuta:

"Che cos'è? Che cosa c'è laggiù, vicino al muro del giardino?"

Una figurina dalla testa ridicolmente grossa si stava avvicinando a loro fluttuando nell'evanescenza della caligine rischiarata dalla luce lunare; per un istante parve uno spiritello maligno, ma poi risultò essere l'innocuo pretino che avevano lasciato in salotto.

"Dico solo" osservò in tono sommesso, "che non ci sono cancelli che si aprono su questo giardino, sapete".

Le sopracciglia nere di Valentin si toccarono fin quasi a sovrapporsi, come facevano per principio nel vedere una tonaca. Ma era un uomo troppo corretto per disconoscere la pertinenza dell'osservazione. "Avete ragione" disse. "Prima di scoprire in che maniera è stato ucciso, dobbiamo scoprire in quale maniera è giunto fin qui. Ora ascoltatemi, signori. Se sarà possibile senza pregiudizio della mia carica e dei miei doveri, converremo tutti che certi personaggi vanno

round the body, in which he was assisted less skilfully[22] by the doctor, and quite vaguely by the English lord. Nothing rewarded their grovellings except a few twigs, snapped or chopped into very small lengths, which Valentin lifted for an instant's examination and then tossed away.

"Twigs," he said gravely; "twigs, and a total stranger with his head cut off; that is all there is on this lawn."

There was an almost creepy stillness, and then the unnerved Galloway called out sharply:

"Who's that? Who's that over there by the garden wall?"

A small figure with a foolishly large head drew waveringly near them in the moonlit haze; looked for an instant like a goblin,[23] but turned out to be the harmless little priest whom they had left in the drawing-room.

"I say," he said meekly, "there are no gates to this garden, do you know."

Valentin's black brows had come together somewhat crossly, as they did on principle at the sight of the cassock. But he was far too just a man to deny the relevance of the remark. "You are right," he said. "Before we find out how he came to be killed, we may have to find out how he came to be here. Now listen to me, gentlemen. If it can be done without prejudice to my position and duty, we shall all agree that

---

[22] **skilfully** – avverbio che significa "abilmente", "con bravura"; deriva dall'aggettivo *skilful* (abile, competente), composto dal sostantivo *skill* (competenza) e dall'aggettivo *full* (pieno). Generalmente la grafia *skilful* appartiene all'inglese britannico, mentre in quello americano è più comune *skillful*. Lo stesso avviene anche in *wilful/willful* (testardo): nell'inglese britannico la doppia consonante prima di *-ful* diventa semplice, mentre nell'inglese americano rimane invariata.

[23] **goblin** – creature leggendarie presenti con caratteristiche diverse nel folklore di vari paesi, i *goblin* sono solitamente rappresentati come esseri di bassa statura e di aspetto sgradevole. Dispettosi e a volte malvagi, si credeva che vivessero nelle grotte e di notte si introducessero nelle case degli esseri umani creando scompiglio. Altre creature della tradizione popolare sono: *elf* (elfo), *imp* (folletto) e *gnome* (gnomo).

tenuti al di fuori di questa faccenda. Vi sono gentildonne, gentiluomini e un ambasciatore straniero. Se dovremo catalogarlo come un crimine, andrà trattato come un crimine. Tuttavia fino ad allora posso avvalermi della mia discrezionalità. Sono il capo della polizia; ricopro un ruolo pubblico così importante da potermi permettere di agire da privato. Santo cielo, penserò io stesso a scagionare ciascuno dei miei ospiti prima di fare intervenire i miei uomini a occuparsi di chiunque altro. Signori, sul vostro onore, nessuno di voi lascerà la casa fino a domani a mezzogiorno; qui ci sono camere da letto per tutti. Simon, credo che sappiate dove trovare il mio collaboratore, Ivan, nell'atrio: è un uomo fidato. Ditegli di lasciare a guardia un altro inserviente e di raggiungermi immediatamente. Lord Galloway, voi siete certamente la persona più indicata per informare le signore dell'accaduto, evitando che si diffonda il panico. Devono trattenersi qui anche loro. Padre Brown e io resteremo con il corpo."

Quando in lui parlava lo spirito del capitano, davanti a Valentin scattavano tutti sull'attenti ed eseguivano gli ordini senza discutere. Il dottor Simon si spinse fino all'armeria a stanare Ivan, l'investigatore privato dell'investigatore pubblico. Galloway andò in salotto e comunicò la terribile notizia con sufficiente delicatezza, di modo che quando la compagnia si riunì le signore avevano già superato lo sgomento ed erano state calmate. Nel frattempo il buon prete e il buon ateo vegliarono alla testa e ai piedi del morto, immobili nel chiarore lunare, come statue allegoriche delle loro due filosofie sulla morte.

certain distinguished names might well be kept out of this. There are ladies, gentlemen, and there is a foreign ambassador. If we must mark it down[24] as a crime, then it must be followed up as a crime. But till then I can use my own discretion. I am the head of the police; I am so public that I can afford to be private. Please Heaven, I will clear every one of my own guests before I call in my men to look for anybody else. Gentlemen, upon your honour, you will none of you leave the house till to-morrow at noon; there are bedrooms for all. Simon, I think you know where to find my man, Ivan, in the front hall; he is a confidential man. Tell him to leave another servant on guard and come to me at once. Lord Galloway, you are certainly the best person to tell the ladies what has happened, and prevent a panic. They also must stay. Father Brown and I will remain with the body."

When this spirit of the captain spoke in Valentin he was obeyed like a bugle.[25] Dr Simon went through to the armoury and routed out Ivan, the public detective's private detective. Galloway went to the drawing-room and told the terrible news tactfully enough, so that by the time the company assembled there the ladies were already startled and already soothed. Meanwhile the good priest and the good atheist stood at the head and foot of the dead man motionless in the moonlight, like symbolic statues of their two philosophies of death.

---

[24] **mark it down** – il verbo *to mark something down* è un *phrasal verb* composto da *to mark,* la cui accezione principale è "segnare", e dall'avverbio *down* (giù). Il significato concreto di questo verbo è quindi "mettere giù" nel senso di "segnare" o "mettere per iscritto"; il significato figurato è invece "considerare", "ritenere".

[25] **bugle** – si tratta di uno strumento musicale simile alla tromba, ma senza valvole, usato specialmente in ambito militare per dare dei segnali, come per esempio la sveglia. L'uso di questa parola sottolinea come nessuno metta in discussione gli ordini dati da Valentin, eseguiti con ubbidienza quasi militare. La *u* di *bugle* è pronunciata con un suono corrispondente a quello di *huge* (enorme), *view* (vista) oppure *new* (nuovo).

Ivan, l'uomo fidato con la cicatrice e con i baffi, si precipitò fuori dalla casa e attraversò il prato di corsa per raggiungere Valentin, come un cane verso il padrone. Il pallore del suo viso era ravvivato dall'eccitazione per quella vicenda poliziesca fra le pareti domestiche e fu con zelo quasi imbarazzante che domandò al padrone il permesso di esaminare i resti.

"Sì, se vuoi guarda pure, Ivan" disse Valentin, "ma non metterci troppo tempo. Dobbiamo rientrare per discutere come risolvere la faccenda".

Ivan sollevò la testa e poi quasi la lasciò cadere giù.

"Ah", restò per un istante a bocca aperta, "questo è... no, non è, non può essere. Signore, voi conoscete quest'uomo?".

"No" disse Valentin senza tradire alcuna emozione, "è meglio che rientriamo".

Si aiutarono per trasportare il cadavere su un divano nello studio e poi raggiunsero tutti il salotto.

L'investigatore si sedette a un tavolo con tutta calma, e persino con una certa esitazione; il suo era però l'occhio ferrigno del giudice in Assise. Prese rapidamente alcuni appunti su un foglio che aveva davanti a sé, poi disse bruscamente: "Sono qui tutti?".

Ivan, the confidential man with the scar and the moustaches, came out of the house like a cannon ball, and came racing across the lawn to Valentin like a dog to his master. His livid face was quite lively with the glow of this domestic detective story, and it was with almost unpleasant eagerness that he asked his master's permission to examine the remains.

"Yes; look, if you like, Ivan," said Valentin, "but don't be long. We must go in and thrash this out in the house."

Ivan lifted the head, and then almost let it drop.[26]

"Why," he gasped, "it's – no, it isn't; it can't be. Do you know this man, sir?"

"No," said Valentin indifferently; "we had better go inside."

Between them they carried the corpse to a sofa in the study, and then all made their way[27] to the drawing-room.

The detective sat down at a desk quietly, and even with hesitation; but his eye was the iron eye of a judge at assize. He made a few rapid notes upon paper in front of him, and then said shortly: "Is everybody here?"

---

[26] **let it drop** – l'espressione *to let something drop* significa "lasciare cadere qualcosa", "fare cadere qualcosa". Un sinonimo è *to drop something*, anche se con una sfumatura leggermente diversa: *to drop something* viene usato più frequentemente per dire che a qualcuno scivola qualcosa di mano accidentalmente (*he dropped the glass full of wine on the carpet*, fece cadere il bicchiere pieno di vino sul tappeto); *to let something drop* dà invece l'idea che qualcuno faccia cadere qualcosa intenzionalmente, allentando la presa (*he was tired and let the heavy bag drop on the floor*, era stanco e lasciò cadere la pesante borsa sul pavimento). Nel racconto l'autore usa l'espressione *almost let it drop* per dire che Ivan, sconvolto dalla vista della testa, non solo la lascia cadere ma quasi la getta via.

[27] **made their way** – l'espressione *to make one's way* significa "dirigersi", "farsi strada"; rispetto al verbo *to go* pone maggiormente l'accento sull'azione dell'avanzare faticosamente o con difficoltà (*we made our way through the crowd*, ci facemmo strada in mezzo alla folla). Nel racconto, infatti, i personaggi si dirigono nello studio trasportando il cadavere di un uomo. Anche in senso figurato l'espressione *to make one's way* (fare carriera, fare strada) ha la stessa connotazione e indica un cammino lungo e faticoso.

"Il signor Brayne no" esclamò la duchessa di Mont Saint Michel, guardandosi intorno.

"No" disse lord Galloway con voce rauca e aspra. "E nemmeno il signor Neil O'Brien, suppongo. L'ho visto che camminava in giardino quando il cadavere era ancora caldo."

"Ivan" disse l'investigatore, "vai a prendere il maggiore O'Brien e il signor Brayne. A quanto ne so, il signor Brayne sta terminando un sigaro in sala da pranzo; invece credo che il maggiore O'Brien stia camminando su e giù nella serra. Ma non ne sono sicuro".

Il fedele attendente si precipitò fuori dalla stanza e prima che qualcuno potesse fare un gesto o dire una parola Valentin proseguì con la medesima concisione militaresca.

"Ognuno sa, qui, che in giardino è stato trovato un uomo morto, con la testa spiccata dal tronco. Dottor Simon, voi l'avete esaminato. Ritenete che tagliare la gola di un uomo in quella maniera richieda molta forza? O forse può bastare un coltello molto affilato?"

"Direi proprio che non è per niente fattibile con un coltello" disse il dottore dal volto terreo.

"Avete qualche idea" riprese Valentin, "di un arnese con il quale sarebbe fattibile?".

"Davvero nessuna, stando a ciò che è normalmente disponibile oggigiorno" disse il dottore aggrottando le sue tormentate sopracciglia. "Non è facile tagliare in due un collo, neppure in maniera

"Not Mr Brayne," said the Duchess of Mont St Michel, looking round.

"No," said Lord Galloway in a hoarse, harsh voice. "And not Mr Neil O'Brien, I fancy. I saw that gentleman walking in the garden when the corpse was still warm."

"Ivan," said the detective, "go and fetch Commandant O'Brien and Mr Brayne. Mr Brayne, I know, is finishing a cigar in the dining-room; Commandant O'Brien, I think, is walking up and down the conservatory. I am not sure."

The faithful attendant flashed from the room, and before anyone could stir or speak Valentin went on with the same soldierly swiftness of exposition.[28]

"Everyone here knows that a dead man has been found in the garden, his head cut clean from his body. Dr Simon, you have examined it. Do you think that to cut a man's throat like that would need great force? Or, perhaps, only a very sharp knife?"

"I should say that it could not be done with a knife at all," said the pale doctor.

"Have you any thought," resumed Valentin, "of a tool with which it could be done?"

"Speaking within modern probabilities, I really haven't," said the doctor, arching his painful brows. "It's not easy to hack a neck through

[28] **The faithful attendant...** – si tratta di uno dei tanti esempi in cui l'autore ricorre ad allitterazioni per dare più efficacia alla descrizione di un'atmosfera o di una situazione. L'uso ripetuto della consonante *f* all'inizio della frase rafforza l'idea dei movimenti rapidi del fidato servitore, mentre la *s* conferisce alla seconda parte del periodo un ritmo veloce ma cadenzato e regolare che riproduce esattamente la chiara e precisa spiegazione fornita da Valentin.

grossolana, mentre questo è stato un taglio molto netto. Sarebbe fattibile con un'azza o con una mannaia da carnefice, o con uno spadone a due mani, tutta roba d'altri tempi."

"Ma, santo cielo!" strillò la duchessa, quasi in preda a un attacco isterico, "qui non ci sono spadoni a due mani, e neppure azze".

Valentin era ancora occupato con il foglio di carta davanti a sé. "Ditemi" disse mentre continuava a scrivere rapidamente, "potrebbe essere stato fatto con una lunga sciabola della cavalleria francese?".

Bussarono leggermente alla porta e per qualche irragionevole ragione questo fece gelare il sangue a tutti, come il bussare in *Macbeth*. In quel gelido silenzio il dottor Simon riuscì a dire: "Una sciabola... sì, potrebbe, almeno credo".

"Grazie" disse Valentin. "Entra pure, Ivan."

Il fido Ivan aprì la porta per fare entrare il maggiore Neil O'Brien che aveva finalmente trovato in giardino, mentre camminava ancora avanti e indietro.

L'ufficiale irlandese si fermò sulla soglia, con fare alterato e ribelle. "Che cosa volete da me?" disse ad alta voce.

"Sedetevi, prego" disse Valentin in tono pacato e conciliante. "Oh, non avete con voi la vostra spada. Dov'è?"

even clumsily, and this was a very clean cut. It could be done with a battle-axe or an old headsman's axe, or an old two-handed sword."

"But, good heavens!" cried the Duchess, almost in hysterics, "there aren't any two-handed swords and battle-axes round here."

Valentin was still busy with the paper in front of him. "Tell me," he said, still writing rapidly, "could it have been done with a long French cavalry sabre?"

A low knocking came at the door, which, for some unreasonable reason,[29] curdled everyone's blood[30] like the knocking in Macbeth.[31] Amid that frozen silence Dr Simon managed to say: "A sabre – yes, I suppose it could."

"Thank you," said Valentin. "Come in, Ivan."

The confidential Ivan opened the door and ushered in Commandant Neil O'Brien, whom he had found at last pacing the garden again.

The Irish officer stood up disordered and defiant on the threshold. "What do you want with me?" he cried.

"Please sit down," said Valentin in pleasant, level tones. "Why, you aren't wearing your sword. Where is it?"

---

[29] **unreasonable reason** – si tratta di un ossimoro usato dall'autore per esprimere lo stato d'animo delle persone presenti nel salotto, un misto di confusione e paura.

[30] **curdled everyone's blood** – il verbo *to curdle* in senso concreto viene usato in riferimento al latte nell'accezione di "fare cagliare", "coagulare". Qui è usato in senso figurato nell'espressione idiomatica *to curdle one's blood* (fare raggelare il sangue a qualcuno). Un altro uso figurato del verbo *to curdle* si ritrova in frasi come *a scream curdled in her throat* (un grido le si soffocò in gola).

[31] **like the knocking in Macbeth** – riferimento all'atto II del famoso dramma shakespeariano. Lennox, un nobile scozzese, e Macduff, barone di Fife, si recano al castello di Macbeth a Inverness. Il loro ripetuto bussare al portone fa trasalire Macbeth, che nella notte precedente ha ucciso il re Duncan.

"L'ho lasciata sul tavolo della biblioteca" disse O'Brien con accento irlandese più marcato, per via del suo cattivo umore. "Mi era di ingombro, stava..."

"Ivan" disse Valentin, "vai per favore in biblioteca a prendere la spada del maggiore". Poi, mentre quello si dileguava, "Lord Galloway dice che appena prima di trovare il cadavere vi aveva visto lasciare il giardino. Che cosa stavate facendo in giardino?".

Il maggiore si lasciò cadere su una sedia. "Oh" disse ad alta voce in schietto irlandese, "ero là per contemplare la luna. Per mettermi in comunione con la natura, mio caro".

Nello studio era calato un silenzio greve che durò fino a quando non si udirono nuovamente quei banali eppur terribili colpi alla porta. Ivan ricomparve portando un fodero di acciaio, vuoto. "Questo è tutto ciò che sono riuscito a trovare" disse.

"Posalo sul tavolo" disse Valentin, senza alzare lo sguardo.

Nella stanza c'era un silenzio inumano, come quel mare di silenzio inumano che cala intorno al banco dell'imputato di omicidio che è appena stato condannato. Le deboli esclamazioni della duchessa si erano da tempo smorzate. L'odio esagerato di lord Galloway era ormai appagato e persino sopito. La voce che poi si udì fu del tutto inattesa.

"I left it on the library table," said O'Brien, his brogue[32] deepening in his disturbed mood. "It was a nuisance, it was getting —"

"Ivan," said Valentin, "please go and get the Commandant's sword from the library." Then, as the servant vanished, "Lord Galloway says he saw you leaving the garden just before he found the corpse. What were you doing in the garden?"

The Commandant flung himself recklessly into a chair. "Oh," he cried in pure Irish, "admirin' the moon. Communing with Nature, me bhoy.[33]"

A heavy silence sank and endured, and at the end of it came again that trivial and terrible knocking. Ivan reappeared, carrying an empty steel scabbard. "This is all I can find," he said.

"Put it on the table," said Valentin, without looking up.

There was an inhuman silence in the room, like that sea of inhuman silence round the dock of the condemned murderer. The Duchess's weak exclamations had long ago died away. Lord Galloway's swollen hatred was satisfied and even sobered. The voice that came was quite unexpected.

---

[32] **brogue** – sostantivo che indica un inglese parlato con un forte accento irlandese. Si suppone che *brogue* tragga origine dall'irlandese *barróg* (accento). Lo stesso termine viene usato ancora oggi per indicare un tipo di scarpa da uomo con decorazione perforata, portato soprattutto in Scozia e in Irlanda. Come vedremo poco oltre, O'Brien, a mano a mano che il suo disagio aumenta, fa uso sempre più spesso della parlata irlandese.

[33] **me bhoy** – è un esempio di *eye dialect*, cioè di una grafia adattata al modo in cui una parola viene realmente pronunciata, in questo caso il dialetto irlandese a cui O'Brien si abbandona ora in modo ancor più evidente. Infatti il narratore, che poco prima accennava al *brogue*, qui dice esplicitamente che O'Brien parla in "schietto irlandese" (*pure Irish*).

"Penso di potervelo dire" disse forte lady Margaret con quel tono di voce chiaro e vibrante con il quale una donna coraggiosa parla in pubblico. "Vi posso dire io che cosa stava facendo il signor O'Brien nel giardino, giacché egli è in obbligo di tacere. Stava chiedendomi di sposarlo. Io ho rifiutato, dicendogli che nella mia situazione famigliare non avevo nulla da offrirgli, fuorché la mia stima. Egli se ne ebbe un po' a male; non parve nutrire una grande considerazione per la mia stima. Mi domando" aggiunse lei, con un sorriso amaro, "se adesso gliene importi ancora qualcosa. Perché gliela offro ancora. Sono disposta a giurare in qualunque sede che egli non ha mai commesso un crimine di questo genere".

Lord Galloway si era avvicinato alla figlia e la stava apostrofando in quello che gli pareva un tono sommesso. "Frena la lingua, Maggie" disse in un fragoroso bisbiglio. "Perché mai dovresti proteggere costui? Dov'è la sua spada? Dov'è la sua cavalleria della malora?"

Si fermò per lo strano sguardo con il quale sua figlia lo stava fissando, un'occhiata che attirò come un'inquietante calamita l'attenzione dell'intero gruppo.

"Vecchio sciocco!" disse lei a voce bassa, senza neanche un'ombra di devozione filiale, "che cosa pensate di voler provare? Vi dico che non

"I think I can tell you," cried Lady Margaret, in that clear, quivering voice with which a courageous woman speaks publicly. "I can tell you what Mr O'Brien was doing in the garden, since he is bound to silence. He was asking me to marry him. I refused; I said in my family circumstances I could give him nothing but my respect. He was a little angry at that; he did not seem to think much of my respect. I wonder," she added, with rather a wan smile, "if he will care at all for it now. For I offer it him now.[34] I will swear anywhere that he never did a thing like this."

Lord Galloway had edged up to his daughter, and was intimidating her in what he imagined to be an undertone. "Hold your tongue, Maggie," he said in a thunderous whisper.[35] "Why should you shield the fellow? Where's his sword? Where's his confounded cavalry —"

He stopped because of the singular stare with which his daughter was regarding him, a look that was indeed a lurid magnet for the whole group.

"You old fool![36]" she said, in a low voice without pretence of piety, "what do you suppose you are trying to prove? I tell you this man was

[34] **For I offer it him now** – nella lingua inglese esiste un piccolo gruppo di verbi, tra cui *to give* (dare), *to send* (spedire, inviare), *to pass* (passare, dare) e *to offer* (offrire), che reggono due tipi di costruzione: verbo + complemento di termine + complemento oggetto (*to give someone something*, dare a qualcuno qualcosa) oppure verbo + complemento oggetto + *to* + complemento di termine (*to give something to someone*, dare qualcosa a qualcuno). In passato, e ancora oggi nell'Inghilterra settentrionale e in Scozia, la preposizione *to* poteva anche essere omessa (*to give something someone*), proprio come nel racconto.

[35] **thunderous whisper** – con questo ulteriore ossimoro l'autore esprime bene la rabbia repressa di Galloway, indignato per il comportamento di sua figlia.

[36] **You old fool!** – l'espressione con la quale Margaret si rivolge a suo padre è molto forte e mostra la delusione se non addirittura il disprezzo che la figlia prova nei suoi confronti. La parola *fool* significa, come prima accezione, "buffone di corte", ma oggi indica principalmente una persona che manca di buon senso e di ragionevolezza oppure una persona ridicola: *to make a fool of someone* significa "prendersi gioco di qualcuno", mentre *to make a fool of oneself* può essere tradotto con "rendersi ridicolo".

si è macchiato di nulla mentre era con me. Ma se ha commesso qualcosa, era pur sempre con me. Se ha assassinato un uomo nel giardino, chi deve per forza averlo visto, o almeno deve averlo saputo? Odiate dunque Neil a tal punto da mettere la vostra stessa figlia...".

Lady Galloway cacciò un urlo. Tutti gli altri fremettero al sentore di quelle diaboliche tragedie che in passato sono accadute fra gli amanti. Videro il volto orgoglioso e terreo dell'aristocratica scozzese e quello del suo spasimante, l'avventuriero irlandese, come antichi ritratti in una casa tenebrosa. Il lungo silenzio si riempì di confuse memorie storiche di mariti assassinati e di amanti rancorosi.

Nel bel mezzo di quel silenzio morboso se ne uscì una voce innocente: "Era un sigaro molto lungo?".

Il cambiamento fu talmente brusco, rispetto ai loro pensieri, che tutti dovettero voltarsi a vedere chi avesse aperto bocca.

"Intendo" disse il piccolo padre Brown, dall'angolo della stanza, "intendo quel sigaro che il signor Brayne sta finendo di fumare. Mi pare ormai che debba essere stato lungo quanto un bastone da passeggio".

Nonostante la scarsa attinenza dell'osservazione, quando Valentin alzò la testa nel suo volto era dipinto un cenno di approvazione, oltre che di fastidio.

"Giustissimo", commentò seccamente. "Ivan, vai a cercare ancora il signor Brayne, e portalo subito qui."

innocent while with me. But if he wasn't innocent, he was still with me. If he murdered a man in the garden, who was it who must have seen – who must at least have known? Do you hate Neil so much as to put your own daughter —"

Lady Galloway screamed. Everyone else sat tingling at the touch of those satanic tragedies that have been between lovers before now. They saw the proud, white face of the Scotch[37] aristocrat and her lover, the Irish adventurer, like old portraits in a dark house. The long silence was full of formless historical memories of murdered husbands and poisonous paramours.

In the centre of this morbid silence an innocent voice said: "Was it a very long cigar?"

The change of thought was so sharp that they had to look round to see who had spoken.

"I mean," said little Father Brown, from the corner of the room, "I mean that cigar Mr Brayne is finishing. It seems nearly as long as a walking-stick."

Despite the irrelevance there was assent as well as irritation in Valentin's face as he lifted his head.

"Quite right," he remarked sharply. "Ivan, go and see about Mr Brayne again, and bring him here at once."

[37] **Scotch** – la forma più comunemente usata di questo aggettivo è *Scottish. Scotch* è una forma contratta usata soprattutto in Inghilterra. Oggigiorno l'uso dell'aggettivo *Scotch* in riferimento a una persona di origine scozzese è considerato offensivo ed è più corretto usare *Scottish* o *Scot.* Questo non vale ovviamente per quanto riguarda gli oggetti, basti pensare allo *Scotch whisky*, chiamato anche semplicemente *Scotch* dagli inglesi. Il termine italiano "scotch", nel senso di "nastro adesivo", deriva invece dall'americano *Scotch tape* (chiamato *sellotape* nel Regno Unito), dal nome dell'azienda produttrice.

Appena il factotum ebbe richiuso la porta, Valentin si rivolse alla ragazza con una serietà del tutto nuova.

“Lady Margaret” disse, “noi tutti proviamo, ne sono certo, gratitudine e ammirazione per il vostro gesto di non badare alle eventuali conseguenze sulla vostra reputazione e di spiegare la condotta del maggiore. Permane tuttavia una discrepanza. Mi risulta che lord Galloway vi abbia incrociato mentre andavate dallo studio al salotto e che fu solamente dopo qualche minuto che egli trovò il giardino e il maggiore che stava ancora camminando là”.

“Dovete rammentare” rispose Margaret con voce appena venata di ironia, “che gli avevo appena detto di no, per cui non potevamo certo ritornarcene a braccetto l’uno dell’altra. Egli è pur sempre un gentiluomo; quindi si è attardato dietro di me, finendo per essere accusato di omicidio”.

“In quei pochi momenti” disse Valentin gravemente, “avrebbe davvero potuto...”.

Bussarono ancora alla porta e Ivan si affacciò con la sua cicatrice.

“Scusate, signore” disse, “ma il signor Brayne è uscito di casa”.

“Uscito?!” urlò Valentin, e per la prima volta balzò in piedi.

“Andato. Scappato. Evaporato” rispose Ivan in un francese colorito. “Se ne sono andati anche il suo cappello e il suo cappotto, e vi dirò

The instant the factotum had closed the door, Valentin addressed the girl with an entirely new earnestness.

"Lady Margaret," he said, "we all feel, I am sure, both gratitude and admiration for your act in rising above your lower dignity and explaining the Commandant's conduct. But there is a hiatus still. Lord Galloway, I understand, met you passing from the study to the drawing-room, and it was only some minutes afterwards that he found the garden and the Commandant still walking there."

"You have to remember," replied Margaret, with a faint irony in her voice, "that I had just refused him, so we should scarcely[38] have come back arm in arm. He is a gentleman, anyhow; and he loitered behind – and so got charged with murder."

"In those few moments," said Valentin gravely, "he might really —"

The knock came again, and Ivan put in his scarred face.

"Beg pardon, sir," he said, "but Mr Brayne has left the house."

"Left!" cried Valentin, and rose for the first time to his feet.

"Gone. Scooted.[39] Evaporated," replied Ivan, in humorous French. "His hat and coat are gone, too, and I'll tell you something

---

[38] **scarcely** – questo avverbio, sinonimo di *hardly*, può significare, in relazione a una quantità, "appena", "a stento" (*the city had scarcely changed since we were last there*, la città è cambiata ben poco da quando ci siamo stati l'ultima volta) oppure "per nulla", "del tutto" (*Owen is angry, and you can scarcely blame him*, Owen è arrabbiato e non gli si può dare per nulla torto). In ambito temporale, invece, è usato nell'espressione *scarcely ever* (o *hardly ever*, "quasi mai": *the kids scarcely ever phone me*, "i bambini non mi telefonano quasi mai").

[39] **Scooted** – il verbo *to scoot* è tipico del linguaggio colloquiale e significa "andarsene velocemente", "darsela a gambe", e spesso è rafforzato da *away* o *off*. Da *to scoot* deriva il sostantivo *scooter*, che può indicare un tipo di motocicletta, e in questo senso il termine è passato anche in italiano, o un "monopattino".

qualcosa a completamento dell'opera. Sono corso fuori a cercare qualche traccia di lui, e ne ho trovata una, e bella grossa."

"Che cosa intendi?" domandò Valentin.

"Ve la mostro" disse il suo servitore, e ricomparve con una lucente sciabola da cavallerizzo, senza fodero, e striata di sangue in punta e lungo il taglio. Al vederla, tutti in quella stanza reagirono come se fossero stati abbagliati dalla folgore; ma Ivan, uomo di esperienza, proseguì con tutta calma:

"L'ho trovata" disse, "in mezzo ai cespugli a una cinquantina di metri lungo la strada per Parigi. In altre parole, l'ho trovata proprio dove il vostro egregio signor Brayne l'ha gettata quando è corso via".

Calò ancora il silenzio, ma diverso da prima. Valentin prese la sciabola, la esaminò, rifletté con totale concentrazione, poi si rivolse con deferenza verso O'Brien. "Maggiore" disse, "confidiamo che voi consegnerete quest'arma qualora venga richiesta dalla polizia per un ulteriore esame. Nel frattempo" aggiunse, infilandola nel suo fodero tintinnante, "mi sia concesso di restituirvi la vostra spada".

Un'azione talmente carica di retorica militaresca che gli astanti si trattennero a stento dall'applaudire.

to cap it all.[40] I ran outside the house to find any traces of him, and I found one, and a big trace, too."

"What do you mean?" asked Valentin.

"I'll show you," said his servant, and reappeared with a flashing naked cavalry sabre, streaked with blood about the point and edge. Everyone in the room eyed it as if it were a thunderbolt; but the experienced Ivan went on quite quietly:

"I found this," he said, "flung among the bushes fifty yards up the road to Paris. In other words, I found it just where your respectable Mr Brayne threw it when he ran away."

There was again a silence, but of a new sort. Valentin took the sabre, examined it, reflected with unaffected[41] concentration of thought, and then turned a respectful face to O'Brien. "Commandant," he said, "we trust you will always produce this weapon if it is wanted for police examination. Meanwhile," he added, slapping the steel back in the ringing scabbard, "let me return you your sword."

At the military symbolism of the action the audience could hardly refrain from applause.

---

[40] **to cap it all** – il verbo *to cap* può significare "coprire (con un cappuccio)", "ricoprire" (*mountains were capped with snow*, le montagne erano ricoperte di neve), "limitare" (*our council has had its spending capped*, il consiglio si è visto limitare le spese) oppure "culminare", "coronare", nel senso di dire o fare qualcosa di meglio o peggio rispetto a quanto detto o fatto in precedenza (*Lewis capped a brilliant season by beating the world record*, Lewis ha coronato una stagione fantastica battendo il record mondiale): da quest'ultima accezione nasce l'espressione *to cap it all*, che significa "come se ciò non bastasse", "per completare l'opera".

[41] **unaffected** – questo aggettivo può significare "genuino", "senza affettazione", oppure "impassibile", "imperturbabile", in riferimento al carattere o all'atteggiamento di qualcuno, o ancora "illeso", "non danneggiato" (*parts of the city remained unaffected by the fire*, alcune zone della città non vennero danneggiate dal fuoco).

In effetti per Neil O'Brien quel gesto segnò davvero una svolta nell'esistenza. Quando poi si trovò ancora a gironzolare nel giardino misterioso, fra i colori del mattino, la tragica futilità del suo modo di fare era ormai del tutto superata; egli aveva infatti molte ragioni per sentirsi contento. Lord Galloway era un gentiluomo e gli aveva presentato le sue scuse. Lady Margaret era qualcosa di meglio di una gentildonna, quanto meno era una donna, e gli aveva forse offerto qualcosa di meglio delle scuse, mentre si aggiravano fra le vecchie aiuole, prima di colazione. L'intera compagnia era più serena e più umana, perché il peso del sospetto non gravava più su tutti loro, benché restasse da sciogliere l'enigma della morte. Il sospetto se ne era volato via verso Parigi con il bizzarro milionario, un uomo che loro conoscevano appena. Il diavolo era stato espulso dalla casa, anzi si era espulso da solo.

For Neil O'Brien, indeed, that gesture was the turning-point of existence. By the time he was wandering in the mysterious garden again in the colours of the morning the tragic futility of his ordinary mien had fallen from him; he was a man with many reasons for happiness. Lord Galloway was a gentleman, and had offered him an apology. Lady Margaret was something better than a lady, a woman at least, and had perhaps given him something better than an apology, as they drifted among the old flower-beds[42] before breakfast. The whole company was more light-hearted[43] and humane,[44] for though the riddle[45] of the death remained, the load of suspicion was lifted off them all, and sent flying off to Paris with the strange millionaire – a man they hardly knew. The devil was cast out of the house – he had cast himself out.

[42] **flower-beds** – questa parola è ovviamente composta da *flower* (fiore) + *bed* (letto). Il sostantivo *bed* può anche indicare una "distesa" di vario genere: un'"aiuola" (*a bed of roses*, un'aiuola di rose); un "letto", uno "strato" (*prawns on a bed of lettuce*, gamberi su un letto di lattuga); un "fondo", un "fondale" (*sea bed*, fondale marino); uno "strato" di roccia, di terreno; il "fondo" di un carro, di un camion ecc.

[43] **light-hearted** – l'aggettivo *hearted* (da *heart*, "cuore") forma composti che indicano lo stato d'animo delle persone cui vengono riferiti: così *light-hearted* (da *light*, "leggero") significa "col cuore leggero", "sereno"; *hard-hearted* (da *hard*, "duro"), "duro di cuore", "insensibile"; *heavy-hearted* (da *heavy*, "pesante"), "col cuore pesante", "malinconico"; *good-hearted* (da *good*, "buono"), "di buon cuore", "buono"; *half-hearted* (da *half*, "metà"), "indifferente", "esitante".

[44] **humane** – si noti la diversa pronuncia di *humane* (benigno, comprensivo) e *human* (umano): *humane* ha l'accento tonico sulla seconda sillaba e fa rima con *again* (di nuovo) o *to obtain* (ottenere), mentre *human* ha l'accento tonico sulla prima sillaba e fa rima con *crewman* (membro dell'equipaggio), *Truman* o *Schumann.*

[45] **riddle** – termine che indica sia un "indovinello" sia, come nel testo, un "mistero", un "enigma". Nel linguaggio letterario può designare anche una "persona enigmatica". Esiste anche il verbo *to riddle* (risolvere, trovare la soluzione), che, combinato con il sostantivo, forma l'espressione *riddle me a riddle* (anche *riddle my riddle* o *riddle-me-ree*), traucibile in italiano con "indovina indovinello".

Tuttavia l'enigma persisteva; e quando O'Brien si lasciò cadere su una panchina a dondolo, accanto al dottor Simon, questi ne riparlò subito, da persona di scienza qual era. Non ottenne tuttavia molte parole da O'Brien, i cui pensieri erano rivolti a cose più piacevoli.

"Non posso dire che questo mi interessi gran che" disse l'irlandese con sincerità, "specialmente ora che tutto pare ben chiaro. Evidentemente Brayne odiava questo sconosciuto, per qualche ragione; lo ha attirato nel giardino e lo ha ucciso con la mia spada. Poi è fuggito in città e ha gettato via la spada nell'andarsene. A proposito, Ivan mi ha detto che il morto aveva in tasca un dollaro americano. Era quindi un connazionale di Brayne e questo sembra chiudere la questione. Non vedo nessuna difficoltà in questa faccenda".

"Vi sono cinque difficoltà colossali" disse il dottore con calma; "come alte mura chiuse da altre mura. Ma non fraintendetemi. Non dubito che sia stato Brayne; immagino che la sua fuga lo dimostri a sufficienza. Mi riferisco invece al modo in cui l'ha fatto. Prima difficoltà: perché mai un uomo dovrebbe ucciderne un altro con una grande sciabola, ingombrante com'è, quando lo può uccidere quasi altrettanto bene con un coltello tascabile, da riporre poi comodamente in tasca? Seconda difficoltà: come mai non c'è stato nessun rumore, neppure un grido? Un uomo che ne vede un altro farsi sotto brandendo una scimitarra non fa commenti? Terza difficoltà: un domestico è stato a guardia della porta che dà all'esterno per tutta la serata; e nel giardino di Valentin non può intrufolarsi neppure un topo, da nessun'altra parte. Come ha fatto il morto a finire nel giardino? Quarta difficoltà: nelle condizioni appena citate, come ha fatto Brayne a uscire dal giardino?".

Still, the riddle remained; and when O'Brien threw himself on a garden seat beside Dr Simon, that keenly scientific person at once resumed it. He did not get much talk out of O'Brien, whose thoughts were on pleasanter things.

"I can't say it interests me much," said the Irishman frankly, "especially as it seems pretty plain now. Apparently Brayne hated this stranger for some reason; lured him into the garden, and killed him with my sword. Then he fled to the city, tossing the sword away as he went. By the way, Ivan tells me the dead man had a Yankee dollar in his pocket. So he was a countryman of Brayne's, and that seems to clinch[46] it. I don't see any difficulties about the business."

"There are five colossal difficulties," said the doctor quietly; "like high walls within walls. Don't mistake me. I don't doubt that Brayne did it; his flight,[47] I fancy, proves that. But as to how he did it. First difficulty: Why should a man kill another man with a great hulking sabre, when he can almost kill him with a pocket knife and put it back in his pocket? Second difficulty: Why was there no noise or outcry? Does a man commonly see another come up waving a scimitar and offer no remarks? Third difficulty: A servant watched the front door all the evening; and a rat cannot get into Valentin's garden anywhere. How did the dead man get into the garden? Fourth difficulty: Given the same conditions, how did Brayne get out of the garden?"

[46] **clinch** – il verbo *to clinch*, usato soprattutto in passato col significato di "fissare saldamente" con un bullone, una vite, o "ribadire" una vite, un chiodo, oggi è più comunemente impiegato in senso figurato col significato di "concludere", "stringere" un contratto, un affare. Nel linguaggio sportivo e colloquiale significa anche "conquistare", "vincere" una gara o una partita.

[47] **flight** – con il significato di "fuga" questo sostantivo è *uncountable* (non numerabile) e di registro formale (*his flight from Ecuador*, la sua fuga dall'Ecuador); il verbo corrispondente è *to flee* (fuggire). Quando invece significa "volo" (*she booked a flight*, prenotò un volo; *a bird in flight*, un uccello in volo), il verbo che ne esprime l'azione è *to fly* (volare).

“E la quinta” disse Neil, con gli occhi fissi sul prete inglese che stava avvicinandosi lentamente lungo il sentiero.

“È un mero dettaglio, suppongo” disse il dottore, “eppure lo ritengo strano. Quando mi accorsi che la testa era stata spiccata dal tronco, in un primo momento pensai che l’assassino avesse colpito più d’una volta. Nell’esaminarla notai però molte incisioni nella sezione di taglio; in altre parole, erano il segno lasciato da colpi inferti *dopo* che la testa si era già staccata. Brayne odiava talmente il suo nemico da continuare a infierire sul cadavere con la sciabola, al chiaro di luna?”.

“Orribile!” disse O’Brien, e rabbrividì.

Il piccolo prete, Brown, li aveva raggiunti mentre ancora stavano parlando e con tipica discrezione aveva aspettato che terminassero, poi disse impacciato:

“Ecco, mi spiace interrompervi. Ma sono stato mandato a informarvi delle novità!”

“Novità?” ripeté Simon, e lo fissò con una certa apprensione, attraverso le sue lenti.

“Sì, mi dispiace” disse padre Brown pacatamente. “Sapete, c’è stato un altro omicidio.”

Ambedue gli uomini sulla panchina balzarono in piedi, lasciandola dondolare vuota.

“E, cosa ancora più strana” continuò il prete, posando l’occhio languido sui rododendri, “è della medesima specie disgustosa; un’altra decapitazione. Hanno trovato la seconda testa che ancora perdeva sangue nel fiume, a pochi metri lungo la strada che Brayne ha imboccato, verso Parigi; pensano quindi che egli...”.

"And the fifth," said Neil, with eyes fixed on the English priest who was coming slowly up the path.

"Is a trifle, I suppose," said the doctor, "but I think an odd one. When I first saw how the head had been slashed, I supposed the assassin had struck more than once. But on examination I found many cuts across the truncated section; in other words, they were struck *after* the head was off. Did Brayne hate his foe[48] so fiendishly that he stood sabring his body in the moonlight?"

"Horrible!" said O'Brien, and shuddered.

The little priest, Brown, had arrived while they were talking, and had waited, with characteristic shyness, till they had finished. Then he said awkwardly:

"I say, I'm sorry to interrupt. But I was sent to tell you the news!"

"News?" repeated Simon, and stared at him rather painfully through his glasses.

"Yes, I'm sorry," said Father Brown mildly. "There's been another murder, you know."

Both men on the seat sprang up, leaving it rocking.

"And, what's stranger still," continued the priest, with his dull eye on the rhododendrons, "it's the same disgusting sort; it's another beheading.[49] They found the second head actually bleeding into the river, a few yards along Brayne's road to Paris; so they suppose that he —"

---

[48] **foe** – termine di registro letterario che significa "nemico", "rivale". Si pronuncia con la stessa vocale di *so* (così), *to go* (andare) e *toe* (dito del piede).

[49] **beheading** – questa parola deriva dal verbo *to behead.* Il prefisso *be-* può esprimere i concetti di "intorno", "dappertutto" (*to beset,* "assediare", "assillare", da *to set,* "mettere", "collocare"); di "interamente", "eccessivamente" (*to belabour,* "insistere su", "dilungarsi su", da *to labour,* "lavorare duramente"); di "privazione" (*to behead,* decapitare) o di "trasformazione" (*to befoul,* "insudiciare", da *to foul,* "sporcare"; *to befriend,* "rendere amico", dall'obsoleto *to friend,* "diventare amici").

"Santo cielo!" esclamò O'Brien. "Brayne è dunque un maniaco?"

"Sarà un regolamento di conti fra americani" disse il prete senza scomporsi. Poi aggiunse: "Vogliono che voi veniate a vederla in biblioteca".

Il maggiore O'Brien seguì gli altri verso il luogo dell'inchiesta, decisamente disgustato. Come soldato, detestava tutta quella carneficina perpetrata nell'ombra; dove avrebbero condotto quelle balorde amputazioni? Prima era stata mozzata una testa, poi un'altra; una circostanza nella quale (disse amaramente fra sé e sé) non era vero che due teste fossero meglio di una. Nell'attraversare lo studio quasi vacillò per il turbamento provocato da qualcosa che aveva notato per caso. Sullo scrittoio di Valentin era posato il disegno a colori di una terza testa mozzata e sanguinante: era quella dello stesso Valentin. Una seconda occhiata gli fece capire che si trattava solamente di un giornale nazionalista, *La Guillotine*, che ogni settimana rappresentava uno dei suoi oppositori politici con gli occhi roteanti e i lineamenti stravolti appena dopo l'esecuzione; Valentin era infatti un anticlericale abbastanza in vista. O'Brien era però un irlandese e come tale conservava una certa purezza persino nei suoi peccati. Gli venne il voltastomaco per quella grande ferocia della ragione che si ritrova solamente in Francia. Sentì Parigi come un tutt'uno, dai mostri scolpiti sulle chiese

"Great Heaven!" cried O'Brien. "Is Brayne a monomaniac?"

"There are American vendettas,[50]" said the priest impassively. Then he added: "They want you to come to the library and see it."

Commandant O'Brien followed the others towards the inquest, feeling decidedly sick. As a soldier, he loathed all this secretive carnage; where were these extravagant amputations going to stop? First one head was hacked off, and then another; in this case (he told himself bitterly) it was not true that two heads were better than one.[51] As he crossed the study he almost staggered at a shocking coincidence. Upon Valentin's table lay the coloured picture of yet a third bleeding head; and it was the head of Valentin himself. A second glance showed him it was only a Nationalist paper, called *The Guillotine*, which every week showed one of its political opponents with rolling eyes and writhing features just after execution; for Valentin was an anti-clerical of some note. But O'Brien was an Irishman, with a kind of chastity[52] even in his sins; and his gorge rose against that great brutality of the intellect which belongs only to France. He felt Paris as a whole, from the

[50] **vendettas** – in inglese sono numerosi i prestiti di parole di origine italiana relative alla criminalità, come per esempio *vendetta, mafia, mafioso, bandit* (bandito), *incognito* (in incognito).

[51] **two heads were better than one** – l'espressione *two heads are better than one* significa che "due teste sono meglio di una (sola)", nel senso che unendo le proprie capacità si ottiene un miglior risultato. Nel testo O'Brien constata con amarezza che nel caso specifico questa espressione non è veritiera, poiché le *two heads* sono quelle di due uomini decapitati.

[52] **chastity** – termine che può significare "castità", "purezza", nel senso di astensione dall'attività sessuale (*chastity belt*, cintura di castità), o anche "castigatezza", "semplicità" o "severità" di stile, di gusti.

gotiche alle volgari caricature pubblicate dai giornali. Gli vennero alla mente le grandi irrisioni della Rivoluzione. Vide la città intera come un unico flusso di energia maligna che partiva dalla vignetta sanguinaria posata sullo scrittoio di Valentin e giungeva fin su dove, appollaiato sopra una montagna e una selva di doccioni, il grande Satana ghigna su Notre Dame.

La biblioteca era lunga, bassa e buia; la scarsa luce che riusciva a entrarvi sbucava da sotto i tendaggi abbassati e aveva ancora un tocco della rosea sfumatura del mattino. Valentin e il suo servitore Ivan li stavano aspettando al capo più alto di un lungo tavolo leggermente inclinato, sul quale giacevano i resti mortali, che nella penombra parevano enormi. La grande sagoma nera e il viso giallastro dell'uomo trovato in giardino stavano là di fronte a loro, sostanzialmente immutati. Accanto giaceva, ancora grondante e gocciolante, la seconda testa che era stata pescata fra i canneti del fiume quella mattina. Gli uomini di Valentin stavano ancora cercando di ricuperare il resto di quel secondo cadavere, che si pensava fosse in acqua. Padre Brown, che pareva non avere nessuna delle remore di O'Brien, si avvicinò alla seconda testa e la esaminò con meticolosità, sbattendo le palpebre. Era poco più di una massa fradicia di capelli bianchi, orlata di riflessi argentei nella luce uniforme e rosata del mattino; la faccia, che sembrava di un tipo turpe, rubizzo e forse criminale, era stata alquanto sfigurata dagli alberi o dalle pietre mentre veniva sballottata in acqua.

grotesques on the Gothic[53] churches to the gross caricatures in the newspapers. He remembered the gigantic jests of the Revolution. He saw the whole city as one ugly energy, from the sanguinary sketch lying on Valentin's table up to where, above a mountain and forest of gargoyles,[54] the great devil grins on Notre Dame.

The library was long, low, and dark; what light entered it shot from under low blinds and had still some of the ruddy[55] tinge of morning. Valentin and his servant Ivan were waiting for them at the upper end of a long, slightly-sloping desk, on which lay the mortal remains, looking enormous in the twilight. The big black figure and yellow face of the man found in the garden confronted them essentially unchanged. The second head, which had been fished from among the river reeds that morning, lay streaming and dripping beside it; Valentin's men were still seeking to recover the rest of this second corpse, which was supposed to be afloat. Father Brown, who did not seem to share O'Brien's sensibilities in the least, went up to the second head and examined it with his blinking care. It was little more than a mop of wet white hair, fringed with silver fire in the red and level morning light; the face, which seemed of an ugly, empurpled and perhaps criminal type, had been much battered against trees or stones as it tossed in the water.

[53] **Gothic** – in questo aggettivo la *o* non si pronuncia come quella del verbo *to go* (andare), bensì come la *o* aperta di *got* ("preso", passato e participio passato di *to get*).

[54] **gargoyles** – il *gargoyle* (doccione, gargouille, gargolla) è un elemento tipico soprattutto dell'architettura gotica: si tratta di un canale di scarico sovente scolpito in forma di essere grottesco, dalle cui fauci esce l'acqua di scolo. Tra i più famosi si ricordano, appunto, quelli della chiesa di Notre Dame a Parigi.

[55] **ruddy** – questo aggettivo significa "roseo", se riguarda l'incarnato del viso, o "rosso", "rossastro", quando si riferisce a una tinta. Nell'inglese colloquiale significa "maledetto" (*it's a ruddy nuisance*, è una maledetta scocciatura) ed è un eufemismo per *bloody*, con cui condivide il riferimento al colore rosso. Deriva da *rud*, una parola arcaica e dialettale per l'attuale *red* (rosso).

“Buongiorno, maggiore O’Brien” disse Valentin, con tranquilla cordialità. “Avrete già sentito parlare dell’ultimo esperimento di macelleria del nostro Brayne, vero?”

Padre Brown era ancora chino sulla testa dai capelli bianchi e disse, senza alzare lo sguardo:

“Presumo che non ci siano dubbi sul fatto che Brayne abbia tagliato anche questa testa, vero?”

“Beh, ce lo fa pensare il buon senso” disse Valentin, con le mani in tasca. “Ucciso nello stesso modo dell’altro. Trovato a qualche metro dall’altro. E colpito di taglio con la medesima arma che si era portato via, come sappiamo.”

“Sì, sì; lo so” rispose padre Brown umilmente. “Eppure, dovete sapere, dubito proprio che Brayne abbia potuto mozzare questa testa.”

“Perché no?” domandò il dottor Simon, con uno sguardo fisso e razionale.

“Ecco, dottore” disse il prete, guardando in su sbattendo le palpebre, “si può tagliare la propria testa? Non so proprio”.

O’Brien sentì il mondo intero turbinargli intorno all’impazzata; invece il dottore balzò in avanti con lo slancio dell’uomo pratico e spinse indietro i capelli bianchi, ancora fradici.

“Oh, non c’è dubbio, è davvero Brayne” disse il prete con calma. “Aveva proprio quell’incisione all’orecchio sinistro”.

"Good morning, Commandant O'Brien," said Valentin, with quiet cordiality. "You have heard of Brayne's last experiment in butchery,[56] I suppose?"

Father Brown was still bending over the head with white hair, and he said, without looking up:

"I suppose it is quite certain that Brayne cut off this head, too."

"Well, it seems common sense," said Valentin, with his hands in his pockets. "Killed in the same way as the other. Found within a few yards of the other. And sliced by the same weapon which we know he carried away."

"Yes, yes; I know," replied Father Brown submissively. "Yet, you know, I doubt whether Brayne could have cut off this head."

"Why not?" inquired Dr Simon, with a rational stare.

"Well, doctor," said the priest, looking up blinking, "can a man cut off his own head? I don't know."

O'Brien felt an insane universe crashing about his ears; but the doctor sprang forward with impetuous practicality and pushed back the wet white hair.

"Oh, there's no doubt it's Brayne," said the priest quietly. "He had exactly that chip[57] in the left ear."

---

[56] **butchery** – sostantivo che può significare "macelleria", "negozio di macelleria" (sinonimo di *butcher's*); "mattatoio", "macello" (sinonimo di *slaughterhouse*); oppure "carneficina", "strage" (sinonimo di *carnage*).

[57] **chip** – sostantivo che indica un "frammento", una "scheggia" sottile: si pensi, per esempio, al *chip* del computer, che è un "pezzetto" di materiale semiconduttore, o al famoso *fish and chips*, in cui il pesce si accompagna a "scaglie" di patate. A volte, come nel racconto, *chip* indica anche la "scheggiatura", cioè il distacco di un frammento da qualcosa di più grande (*this cup has a chip*, questa tazza è scheggiata; *the table has a small chip near the corner*, il tavolo ha una piccola tacca vicino all'angolo). In inglese "frammento" può essere tradotto anche con *flake*, se si tratta di vernice; *scale*, nel caso di calcare, pelle, squame di pesci e rettili; *nick* o *notch*, per una "tacca", un'"intaccatura" nel legno.

L'investigatore, che era stato a guardare il prete con occhi fissi e scintillanti, aprì la bocca che teneva serrata e disse con sarcasmo: "Pare che voi ne sappiate un bel po' di costui, padre Brown".

"È così" disse l'omino con semplicità. "Lo frequento da qualche settimana. Aveva intenzione di entrare nella nostra Chiesa."

Negli occhi di Valentin balenò un lampo di fanatismo; avanzò a grandi passi verso il prete serrando i pugni. "E magari" esclamò con un ghigno beffardo, "magari stava anche meditando di lasciare tutta la sua fortuna alla vostra Chiesa".

"Può darsi di sì" disse Brown senza scomporsi, "è possibile".

"In tal caso" esclamò Valentin con un sorriso che incuteva paura, "potreste davvero sapere un bel po' sul suo conto. Sulla sua vita, e sul...".

Il maggiore O'Brien posò la mano sul braccio di Valentin. "Lasciate perdere quelle sporche maldicenze, Valentin" disse, "se no potrebbero comparire ulteriori spade".

Comunque Valentin (sotto lo sguardo fermo e umile del prete) si era già ricomposto. "Ebbene" disse subito, "lasciamo pure da parte le opinioni private della gente. Tutti voi, signori, siete ancora vincolati dalla vostra promessa di restare qui; dovete imporvi di onorarla, dovete

The detective, who had been regarding the priest with steady and glittering eyes, opened his clenched mouth and said sharply: "You seem to know a lot about him, Father Brown."

"I do," said the little man simply. "I've been about[58] with him for some weeks. He was thinking of joining our church."

The star of the fanatic sprang into Valentin's eyes; he strode towards the priest with clenched hands. "And, perhaps," he cried, with a blasting sneer, "perhaps he was also thinking of leaving all his money to your church."

"Perhaps he was," said Brown stolidly; "it is possible."

"In that case," cried Valentin, with a dreadful smile, "you may indeed know a great deal about him. About his life and about his —"

Commandant O'Brien laid a hand on Valentin's arm. "Drop that slanderous[59] rubbish, Valentin," he said, "or there may be more swords yet."

But Valentin (under the steady, humble gaze of the priest) had already recovered himself. "Well," he said shortly, "people's private opinions can wait. You gentlemen are still bound by your promise to stay; you must enforce it on yourselves – and on each other. Ivan here

---

[58] **been about** – *to be about* è un *phrasal verb* che spesso può essere tradotto con il suo significato letterale di "essere in giro" (*they've been about together a lot recently*, sono stati molto in giro insieme recentemente; *there's lot of money about these days for such schemes*, ci sono molti soldi in giro oggigiorno per programmi come questi), ma può significare anche "trattare" (*what's this book about?*, di cosa tratta questo libro?) oppure, quando è seguito da un verbo all'infinito, "essere in procinto di" o "stare per" (*I'm about to leave my job*, sto per lasciare il mio lavoro).

[59] **slanderous** – questo aggettivo significa "diffamatorio", "calunnioso", e deriva da *slander* (calunnia), termine usato in campo giuridico per indicare una "diffamazione verbale". Quando invece si parla di una "diffamazione scritta", sempre in ambito giuridico, si usa la parola *libel*.

imporvelo a vicenda. Ivan qui vi dirà tutto ciò che vorrete sapere in più; quanto a me, devo fare il mio mestiere e scrivere alle autorità. Non possiamo più tenere riservata questa faccenda. Se ci sono novità, mi troverete nel mio studio, intento a scrivere".

"Ci sono novità, Ivan?" domandò il dottor Simon, mentre il capo della polizia usciva a grandi passi dalla stanza.

"Solamente una, almeno credo, signore" disse Ivan, corrugando la sua vecchia faccia grigiastra, "ma di una certa importanza, a suo modo. Riguarda quel tipo che avete trovato sul prato", e indicò senza la minima parvenza di rispetto il corpaccione nero con la testa gialla. "Abbiamo scoperto chi è, a ogni modo".

"Davvero!" esclamò stupito il dottore, "e chi è?".

"Si chiama Arnold Becker" disse l'investigatore in seconda, "anche se circolava sotto molti altri pseudonimi. Era un briccone di quelli che si spostano in continuazione qua e là, e si sa che è stato in America; dev'essere là che Brayne ha cominciato ad avercela con lui. Per parte nostra non abbiamo avuto molto a che fare con lui, in quanto era attivo perlopiù in Germania. Abbiamo scambiato informazioni con la polizia tedesca, naturalmente. Tuttavia, per una curiosa coincidenza, c'era un suo fratello gemello, Louis Becker, che ci ha procurato un gran bel

will tell you anything more you want to know; I must get to business and write to the authorities. We can't keep this quiet any longer. I shall be writing in my study if there is any more news."

"Is there any more news, Ivan?" asked Dr Simon, as the chief of police strode out of the room.

"Only one more thing, I think, sir," said Ivan, wrinkling up his grey old face, "but that's important, too, in its way. There's that old buffer[60] you found on the lawn," and he pointed without pretence of reverence at the big black body with the yellow head. "We've found out who he is, anyhow."

"Indeed!" cried the astonished doctor, "and who is he?"

"His name was Arnold Becker," said the under-detective, "though he went by many aliases.[61] He was a wandering sort of scamp, and is known to have been in America; so that was where Brayne got his knife into him. We didn't have much to do with him ourselves, for he worked mostly in Germany. We've communicated, of course, with the German police. But, oddly enough, there was a twin brother of his, named Louis Becker, whom we had a great deal to do with. In fact, we

---

[60] **buffer** – nell'inglese britannico colloquiale questo sostantivo può indicare un "incompetente", un "pasticcione" o semplicemente un "tipo", un "soggetto" (sinonimo di *fellow*), come nel testo; oppure, oggi più comunemente, può significare "respingente" ferroviario, "paracolpi" per macchinari, "stabilizzatore" o "soluzione tampone" in chimica e soprattutto "memoria tampone", "buffer" in informatica.

[61] **aliases** – la parola *alias*, di origine latina, in inglese ha assunto valore di sostantivo, come nel testo, e di preposizione (*the spy Margaretha Zelle, alias Mata Hari*, la spia Margaretha Zelle, alias Mata Hari). *Alias*, in inglese, significa "pseudonimo", "falso nome" usato da criminali (sinonimo di *assumed name*); per indicare invece lo "pseudonimo" degli scrittori si usa *pen name* o *pseudonym*, per quello degli attori *stage name* e per il "soprannome" dato dagli amici *nickname* o *pet name*.

da fare. Anzi, abbiamo trovato necessario ghigliottinarlo appena ieri. Ebbene, signori, è curioso, ma nel vedere costui lungo e disteso sul prato ebbi la maggiore sorpresa della mia vita. Se non avessi visto con i miei occhi ghigliottinare Louis Becker avrei giurato che fosse proprio Louis Becker a stare là disteso nell'erba. Poi naturalmente mi sono ricordato del suo fratello gemello in Germania, e in base a quello...".

Il loquace Ivan si fermò, per l'eccellente ragione che nessuno lo stava più ascoltando. Il maggiore e il dottore avevano entrambi gli occhi fissi su padre Brown che era balzato in piedi e se ne stava ritto, stringendosi le tempie come chi è colpito da una fitta improvvisa e violenta.

"Ferma, ferma, ferma!" gridò, "smettete di parlare per un momento, perché mi è chiaro a metà. Dio mi darà la forza? Il mio cervello riuscirà a compiere questo salto che ancora manca e a chiarire tutto? Che il cielo mi aiuti! Ero così bravo a pensare. Una volta riuscivo a parafrasare qualsiasi pagina dell'Aquinate. La mia testa si spaccherà o riuscirà a vedere? Mi è chiaro a metà, solo a metà".

Si nascose la testa fra le mani e restò fermo in piedi in una sorta di irrigidita tortura mentale o di preghiera, mentre gli altri tre potevano solamente continuare a fissare quest'ultimo portento di quelle folli dodici ore.

Quando poi caddero, le mani di padre Brown resero nuovamente visibile un volto fresco e serio, come quello di un bambino. Egli trasse un profondo sospiro e disse: "Sistemiamola una volta per tutte. Ascoltate,

found it necessary to guillotine him only yesterday. Well, it's a rum[62] thing, gentlemen, but when I saw that fellow flat on the lawn I had the greatest jump of my life. If I hadn't seen Louis Becker guillotined with my own eyes, I'd have sworn it was Louis Becker lying there in the grass. Then, of course, I remembered his twin brother in Germany, and following up the clue —"

The explanatory Ivan stopped, for the excellent reason that nobody was listening to him. The Commandant and the doctor were both staring at Father Brown, who had sprung stiffly to his feet, and was holding his temples tight like a man in sudden and violent pain.

"Stop, stop, stop!" he cried; "stop talking a minute, for I see half. Will God give me strength? Will my brain make the one jump and see all? Heaven help me! I used to be fairly good at thinking. I could paraphrase any page in Aquinas[63] once. Will my head split – or will it see? I see half – I only see half."

He buried his head in his hands, and stood in a sort of rigid torture of thought or prayer, while the other three could only go on staring at this last prodigy of their wild twelve hours.

When Father Brown's hands fell they showed a face quite fresh and serious, like a child's. He heaved a huge sigh, and said: "Let us get this said and done with as quickly as possible. Look here,[64] this will be the

---

[62] **rum** – aggettivo oggi un po' disusato, che nell'inglese britannico colloquiale significa "strano", "particolare" (nell'inglese standard si userebbe *peculiar* oppure *odd*). Da non confondersi con il sostantivo *rum*, che indica la bevanda alcolica ("rum" o "rhum").

[63] **Aquinas** – Tommaso d'Aquino (1225-1274), filosofo e teologo italiano, fu tra i principali esponenti della scolastica. Personalità di spicco dell'ordine domenicano, proclamato santo e poi dottore della chiesa, affrontò temi come il rapporto tra fede e ragione giungendo a conciliare teologia e filosofia aristotelica.

[64] **Look here** – letteralmente significa "guarda qui", ma in realtà è un'esclamazione usata per attirare l'attenzione su ciò che si sta per dire: corrisponde all'italiano "ascolta!", "stammi a sentire!".

questa sarà la maniera più rapida di convincervi tutti della verità". Si rivolse al dottore. "Dottor Simon" disse, "avete la mente fina e vi ho udito questa mattina che ponevate le cinque domande più ardue su questa faccenda. Ebbene, se le formulerete ancora, io darò le risposte".

Il *pince-nez* cadde dal naso di Simon per la perplessità e lo stupore, ma il dottore rispose senza indugio. "Bene, la prima domanda, come sapete, è perché mai un uomo debba ucciderne un altro con un'ingombrante sciabola quando potrebbe farlo con un semplice stiletto."

"Non si può decapitare un uomo con uno stiletto" disse Brown in tono calmo, "e per questo assassinio era assolutamente necessaria la decapitazione".

"Perché?" domandò O'Brien, con interesse.

"E la domanda successiva?" domandò padre Brown.

"Ecco, perché quell'uomo non si è messo a urlare, o qualcosa del genere?" domandò il dottore, "le sciabole sono certamente insolite nei giardini".

"Ramoscelli" disse il prete cupamente, e si voltò verso la finestra che dava sulla scena del delitto. "Nessuno ha notato questo aspetto dei ramoscelli. Perché si trovavano là su quel prato (guardatelo) così distante da qualsiasi albero? E non erano spezzati, ma tagliati di netto. L'assassino deve avere intrattenuto il suo nemico con qualche numero di bravura nel maneggiare la sciabola, facendogli vedere come riusciva a tagliare un ramoscello a mezz'aria, o cose del genere. Poi, mentre il nemico era chino a vedere il risultato, un fendente silenzioso, e la testa cadde a terra."

quickest way to convince you all of the truth." He turned to the doctor. "Dr Simon," he said, "you have a strong head-piece, and I heard you this morning asking the five hardest questions about this business. Well, if you will ask them again, I will answer them."

Simon's pince-nez dropped from his nose in his doubt and wonder, but he answered at once. "Well, the first question, you know, is why a man should kill another with a clumsy sabre at all when a man can kill with a bodkin?"

"A man cannot behead with a bodkin," said Brown calmly, "and for *this* murder beheading was absolutely necessary."

"Why?" asked O'Brien, with interest.

"And the next question?" asked Father Brown.

"Well, why didn't the man cry out[65] or anything?" asked the doctor; "sabres in gardens are certainly unusual."

"Twigs," said the priest gloomily, and turned to the window which looked on the scene of death. "No one saw the point of the twigs. Why should they lie on that lawn (look at it) so far from any tree? They were not snapped off; they were chopped off. The murderer occupied his enemy with some tricks with the sabre, showing how he could cut a branch in mid-air, or whatnot.[66] Then, while his enemy bent down to see the result, a silent slash, and the head fell."

---

[65] **cry out** – il *phrasal verb to cry out* può significare semplicemente "urlare", "gridare" (*to cry out in pain*, urlare per il dolore) oppure "richiedere a gran voce", "esigere", nella costruzione *to cry out for something* (*after the accident they cried out for help*, dopo l'incidente urlarono per avere aiuto; *he cries out for the moon*, vuole la luna).

[66] **whatnot** – usato principalmente nel linguaggio colloquiale e al plurale, *whatnots* significa "cose di poco conto". Suoi sinonimi possono essere *thingy*, *thingamabob*, *thingamajig*, usati per indicare oggetti di cui non si ricorda il nome e traducibili con "aggeggio", "arnese" (*what are those plastic thingies for?*, a cosa servono quegli aggeggi?). Nell'Ottocento *whatnot* indicava anche un mobile, molto diffuso in Inghilterra, che consisteva in una serie di scaffali usati per esporvi ninnoli di vario genere (*trifles*).

"Beh" disse il dottore lentamente, "questo pare abbastanza plausibile. Ma le mie prossime due domande metteranno in difficoltà chiunque".

Il prete stava ancora guardando fuori dalla finestra con occhio critico e aspettava.

"Voi tutti sapete che il giardino era chiuso da ogni parte, come una camera stagna" proseguì il dottore. "Dunque, come è riuscito l'estraneo a entrare nel giardino?"

Senza voltarsi il piccolo prete rispose: "Nel giardino non c'è mai stato nessun estraneo".

Vi fu silenzio, e poi lo scoppio improvviso di una risata quasi infantile alleviò la tensione. L'assurdità dell'osservazione di Brown aveva indotto Ivan a un aperto dileggio.

"Oh!" esclamò, "non abbiamo forse trascinato un cadavere grande e grosso fin sul divano, la notte scorsa? Dovrà pure essere entrato nel giardino, o no?".

"Entrato nel giardino?" ripeté Brown con fare riflessivo. "No, non interamente."

"Aspettate un momento" esclamò Simon, "o si entra in un giardino, o non si entra".

"Non necessariamente" disse il prete, con un mezzo sorriso. "La prossima domanda, dottore?"

"Well," said the doctor slowly, "that seems plausible enough. But my next two questions will stump anyone."

The priest still stood looking critically out of the window and waited.

"You know how all the garden was sealed up like an air-tight chamber," went on the doctor. "Well, how did the strange man get into the garden?"

Without turning round, the little priest answered: "There never was any strange man in the garden."

There was a silence, and then a sudden cackle[67] of almost childish laughter relieved the strain. The absurdity of Brown's remark moved Ivan to open taunts.

"Oh!" he cried; "then we didn't lug[68] a great fat corpse on to a sofa last night? He hadn't got into the garden, I suppose?"

"Got into the garden?" repeated Brown reflectively. "No, not entirely."

"Hang it all,[69]" cried Simon, "a man gets into a garden, or he doesn't."

"Not necessarily," said the priest, with a faint smile. "What is the next question, doctor?"

---

[67] **cackle** – in inglese esistono diversi modi per esprimere il concetto di "risata" (*laugh*) a seconda delle sue caratteristiche: *cackle* indica una risata rumorosa e fastidiosa; *giggle* una risata breve e acuta, causata soprattutto da nervosismo o imbarazzo; *chuckle* una risata silenziosa e composta; *snigger* (*snicker* nell'inglese americano) una risata repressa e di scherno.

[68] **lug** – il verbo *to lug* è di registro colloquiale e significa "portare qualcosa di pesante". Come sostantivo *lug* può significare invece "cassa (per frutta)", "sporgenza" a forma di orecchio o, nell'inglese americano, "teppista", "delinquente".

[69] **Hang it all** – è un'espressione di registro colloquiale (anche *hang it!*) che esprime un forte disappunto.

"Mi sembrate messo male" esclamò il dottor Simon seccamente, "tuttavia formulerò la prossima domanda, se volete. Come ha fatto Brayne a uscire dal giardino?".

"Non è uscito dal giardino" disse il prete, continuando a guardare fuori dalla finestra.

"Non è uscito dal giardino?" sbottò Simon.

"Non completamente" disse padre Brown.

Simon agitò i pugni in un accesso di logica francese. "O si esce da un giardino, o non si esce" esclamò.

"Non sempre" disse padre Brown.

Il dottor Simon balzò in piedi spazientito. "Non ho tempo da perdere con queste chiacchiere insulse" esclamò contrariato. "Se non riuscite a capire che si è o da una parte o dall'altra di un muro, non vi tedierò oltre."

"Dottore" disse il religioso con grande gentilezza, "siamo sempre andati molto d'accordo. Se non per altro, almeno per la nostra vecchia amicizia, fermatevi e ponetemi la vostra quinta domanda".

Lo spazientito Simon si lasciò cadere su una sedia accanto alla porta e disse concisamente: "La testa e le spalle erano tagliuzzate in modo bizzarro. Pareva fatto dopo la morte."

"Sì" disse il prete senza fare il minimo gesto, "è stato fatto in maniera da indurvi a credere proprio quella semplice falsità che avete preso per vera. È stato fatto per indurvi a dare per scontato che la testa appartenga al corpo."

"I fancy you're ill," exclaimed Dr Simon sharply; "but I'll ask the next question if you like. How did Brayne get out of the garden?"

"He didn't get out of the garden," said the priest, still looking out of the window.

"Didn't get out of the garden?" exploded Simon.

"Not completely," said Father Brown.

Simon shook his fists in a frenzy of French[70] logic. "A man gets out of a garden, or he doesn't," he cried.

"Not always," said Father Brown.

Dr Simon sprang to his feet impatiently. "I have no time to spare on such senseless talk," he cried angrily. "If you can't understand a man being on one side of a wall or the other, I won't trouble you further."

"Doctor," said the cleric very gently, "we have always got on very pleasantly together. If only for the sake of old friendship,[71] stop and tell me your fifth question."

The impatient Simon sank into a chair by the door and said briefly: "The head and shoulders were cut about in a queer way. It seemed to be done after death."

"Yes," said the motionless priest, "it was done so as to make you assume exactly the one simple falsehood that you did assume. It was done to make you take for granted that the head belonged to the body."

---

[70] **fists in a frenzy of French** – un altro esempio di allitterazione: in questo caso la ripetizione della lettera *f* sembra esaltare la frenesia da cui viene preso il dottor Simon.

[71] **friendship** – in questo sostantivo è riconoscibile il suffisso *-ship*, che può indicare l'appartenenza a un gruppo (*township*, cittadinanza, insieme degli abitanti di una città; *membership*, appartenenza a un'organizzazione) oppure il legame che intercorre tra più persone (*friendship*, amicizia; *companionship*, cameratismo) o ancora una determinata capacità o abilità (*craftsmanship*, arte, maestria).

La regione periferica del cervello, dove si formano tutti i mostri, si agitò orribilmente nel gaelico O'Brien. Egli avvertì la presenza caotica di tutti i centauri e di tutte le sirene che la perversa immaginazione dell'uomo ha modellato. Una voce più antica dei suoi primi antenati pareva dirgli all'orecchio: "Stai lontano dal mostruoso giardino dove cresce l'albero dal duplice frutto. Evita il giardino malefico dove è morto l'uomo dalla duplice testa". Eppure, mentre queste obbrobriose forme simboliche attraversavano l'antico specchio della sua anima irlandese, il suo intelletto francesizzato restava ben vigile e stava osservando lo strano prete con la stessa attenzione e la stessa incredulità di tutti gli altri.

Padre Brown si era finalmente voltato e stava in piedi sullo sfondo della finestra, con il volto occultato dalla fitta penombra; ma anche così essi poterono notare che era pallido come un cencio. Nondimeno parlò con grande buon senso, come se non vi fossero anime gaeliche in circolazione.

"Signori" disse, "in giardino voi non avete rinvenuto il corpo di Becker, un estraneo. Non avete trovato il corpo di nessun estraneo. A dispetto del razionalismo del dottor Simon, ripeto che Becker era presente solo in parte. Guardate qui!" (indicando la nera mole del cadavere misterioso) "non avete mai visto quest'uomo in vita vostra. L'avete mai visto prima?".

Mise rapidamente da parte la testa calva e giallastra dello sconosciuto e collocò al suo posto la testa biancocrinita che le stava accanto. E là, integro, ricomposto e inconfondibile, giaceva Julius K. Brayne.

The borderland[72] of the brain, where all the monsters are made, moved horribly in the Gaelic O'Brien. He felt the chaotic presence of all the horse-men and fish-women that man's unnatural fancy has begotten. A voice older than his first fathers seemed saying in his ear: "Keep out of the monstrous garden where grows the tree with double fruit.[73] Avoid the evil garden where died the man with two heads." Yet, while these shameful symbolic shapes passed across the ancient mirror of his Irish soul, his Frenchified intellect was quite alert, and was watching the odd priest as closely and incredulously as all the rest.

Father Brown had turned round at last, and stood against the window with his face in dense shadow; but even in that shadow they could see it was pale as ashes. Nevertheless, he spoke quite sensibly,[74] as if there were no Gaelic souls on earth.

"Gentlemen," he said, "you did not find the strange body of Becker in the garden. You did not find any strange body in the garden. In face of Dr Simon's rationalism, I still affirm that Becker was only partly present. Look here!" (pointing to the black bulk of the mysterious corpse) "you never saw that man in your lives. Did you ever see this man?"

He rapidly rolled away the bald, yellow head of the unknown, and put in its place the white-maned head beside it. And there, complete, unified, unmistakable, lay Julius K. Brayne.

---

[72] **borderland** – questa parola significa "zona di confine", "margine", sia in senso concreto sia in senso figurato (*he lives on the borderland of society*, vive ai margini della società); può indicare anche un "confine incerto" (*the borderland between fantasy and reality*, il confine incerto fra immaginazione e realtà). Similmente, *borderline* (confine), quando è usato in funzione di aggettivo, ha una connotazione negativa ed è impiegato soprattutto in campo psicologico, dove si mantiene inalterato anche in italiano (*borderline personality*, personalità borderline).

[73] **Keep out...** – si tratta di un riferimento al *Garden of Eden* (giardino dell'Eden): il *double fruit* è il "duplice frutto" della conoscenza del bene e del male.

[74] **sensibly** – è un altro *false friend*: non significa infatti "sensibilmente", bensì "in modo assennato", "in modo avveduto".

"L'assassino" proseguì Brown tranquillamente, "ha mozzato la testa del suo avversario e ha gettato lontano la spada, al di là del muro. Ma era troppo intelligente per gettare solamente la spada. Ha gettato oltre il muro anche la *testa*. Poi ha solamente dovuto applicare al cadavere un'altra testa, e (avendo egli insistito per un'inchiesta riservata) voi tutti avete immaginato un uomo del tutto nuovo".

"Applicare un'altra testa!" disse O'Brien con gli occhi sbarrati. "Quale altra testa? Le teste non crescono tra i cespugli del giardino, vero?"

"No" disse padre Brown con voce roca, e guardandosi gli stivaletti, "c'è solamente un luogo nel quale esse crescono. Ed è la cesta della ghigliottina, accanto alla quale il capo della polizia, Aristide Valentin, se ne stava neppure un'ora prima dell'assassinio. Oh, amici miei, prestatemi ascolto ancora per un minuto, prima di farmi a pezzi. Valentin è un uomo onesto, se si può chiamare onestà la folle ossessione per una causa discutibile. Ma non avete mai notato in quell'occhio grigio e freddo che egli è pazzo! Farebbe qualunque cosa, qualunque cosa, per infrangere quella che egli chiama la superstizione della Croce. Lottare per quello, struggersi per quello, e ora uccidere per quello, ecco che cos'ha fatto. I milioni dello stravagante Brayne erano stati finora dispersi in un numero così grande di sette da influire ben poco sull'equilibrio generale. A Valentin era però giunta voce che Brayne, così come tanti scettici vacillanti, stava accostandosi a noi; e quella era cosa ben diversa. Brayne avrebbe alimentato con abbondanza l'impoverita e pugnace Chiesa di Francia; avrebbe sostenuto sei pubblicazioni nazionaliste, come *La Guillotine*. La lotta, già così, era estremamente incerta ed egli, nel suo fanatismo, si infiammò al rischio che venisse decisa da quel nuovo apporto. Si risolse a uccidere il

"The murderer," went on Brown quietly, "hacked off his enemy's head and flung the sword far over the wall. But he was too clever to fling the sword only. He flung the *head* over the wall also. Then he had only to clap on another head to the corpse, and (as he insisted on a private inquest) you all imagined a totally new man."

"Clap on another head!" said O'Brien staring. "What other head? Heads don't grow on garden bushes,[75] do they?"

"No," said Father Brown huskily, and looking at his boots; "there is only one place where they grow. They grow in the basket of the guillotine, beside which the Chief of Police, Aristide Valentin, was standing not an hour before the murder. Oh, my friends, hear me a minute more before you tear me in pieces. Valentin is an honest man, if being mad for an arguable cause is honesty. But did you never see in that cold, grey eye of his that he is mad? He would do anything, *anything*, to break what he calls the superstition of the Cross. He has fought for it and starved for it, and now he has murdered for it. Brayne's crazy millions had hitherto been scattered[76] among so many sects that they did little to alter the balance of things. But Valentin heard a whisper that Brayne, like so many scatter-brained sceptics, was drifting to us; and that was quite a different thing. Brayne would pour supplies into the impoverished and pugnacious Church of France; he would support six Nationalist newspapers like *The Guillotine.* The battle was already balanced on a point, and the fanatic took flame at the risk. He resolved to destroy the millionaire, and he did it as one

[75] **Heads don't grow on garden bushes** – si tratta di un adattamento del classico motto *money doesn't grow on trees* (i soldi non crescono sugli alberi). O'Brien riprende questa espressione e la rielabora con un pizzico di ironia.

[76] **scattered** – è il participio passato del verbo *to scatter*, che significa "disseminare/disseminarsi", "sparpagliare/sparpagliarsi", ed è usato in molte locuzioni: *scatter bomb* (bomba a grappolo), *scatter gun* (fucile a pallettoni), *scatter cushions* ("cuscini sparsi" di colore diverso, sistemati su divani o poltrone a scopo decorativo), *scatter-brained* (sventato, sbadato), che compare poco oltre ecc.

milionario e lo fece nel modo in cui ci si può aspettare che il più grande degli investigatori perpetri il suo unico crimine. Sottrasse la testa mozzata di Becker con la scusa di qualche approfondimento criminologico e se la portò a casa nella sua cassetta di servizio. Ebbe un'ultima discussione con Brayne, della quale lord Galloway non ascoltò la conclusione; constatato lo stallo della discussione, condusse Brayne nel giardino senza uscite, si vantò della sua abilità di spadaccino, usò i ramoscelli e una sciabola per darne dimostrazione, e...".

Ivan lo Sfregiato balzò in piedi. "Voi siete pazzo" urlò, "ora andrete dal mio padrone, se no vi ci porterò io per...".

"Ah, stavo andando proprio là" disse Brown in tono grave, "devo chiedergli di confessare, con quel che segue".

Facendosi precedere dal povero Brown come se fosse un ostaggio o una vittima sacrificale, essi fecero irruzione tutti assieme nello studio di Valentin, immerso in un profondo silenzio.

Il grande investigatore stava seduto al suo scrittoio e pareva troppo occupato per udire il loro ingresso tumultuoso. Si fermarono un istante, poi qualcosa nell'aspetto di quella schiena eretta ed elegante indusse il dottore ad accorrere di slancio. Un tocco e un'occhiata gli rivelarono che accanto a Valentin c'era una scatoletta di pillole e che Valentin era morto, lì seduto nella sua sedia; e sul volto ormai cieco del suicida c'era più che l'orgoglio di Catone.

would expect the greatest of detectives to commit his only crime. He abstracted[77] the severed head of Becker on some criminological excuse, and took it home in his official box. He had that last argument with Brayne, that Lord Galloway did not hear the end of; that failing, he led him out into the sealed garden, talked about swordsmanship, used twigs and a sabre for illustration, and —"

Ivan of the Scar[78] sprang up. "You lunatic," he yelled; "you'll go to my master now, if I take you by —"

"Why, I was going there," said Brown heavily; "I must ask him to confess, and all that."

Driving the unhappy Brown before them like a hostage or sacrifice, they rushed together into the sudden stillness of Valentin's study.

The great detective sat at his desk apparently too occupied to hear their turbulent entrance. They paused a moment, and then something in the look of that upright[79] and elegant back made the doctor run forward suddenly. A touch and a glance showed him that there was a small box of pills at Valentin's elbow, and that Valentin was dead in his chair; and on the blind face of the suicide was more than the pride of Cato.[80]

---

[77] **abstracted** – il verbo *to abstract* può significare "separare", "portare via", "sottrarre" (*the country is abstracting large quantities of water from the river*, il paese sta sottraendo al fiume ingenti quantità d'acqua), anche come eufemismo di "rubare" (nel racconto è usato proprio in quest'ultima accezione), "riassumere" (*this document has been abstracted from the full contract*, questo documento è una sintesi del contratto integrale) o anche "astrarre" (*she abstracted herself for a moment from the conversation*, si è astratta per un momento dalla conversazione).

[78] **Ivan of the Scar** – risulta chiara l'ironia dell'autore nel descrivere il fedele servitore dell'investigatore, che si indigna alle parole di padre Brown: Chesterton costituisce infatti un parallelismo tra Ivan lo Sfregiato e il più famoso Ivan il Terribile (*Ivan the Terrible*), primo zar di Russia (1547-1584).

[79] **upright** – questo aggettivo può significare "eretto", "in posizione verticale" (*when did man first walk upright?*, quando l'uomo cominciò a camminare eretto?; *please put your seat in an upright position*, per favore metta lo schienale in posizione verticale; *to sit upright*, sedere con la schiena diritta), ma anche, in senso figurato, "retto", "onesto".

[80] **Cato** – si tratta di Marco Porcio Catone detto l'Uticense (95-46 a.C.), politico romano. Fu rigido difensore degli ideali repubblicani e, schieratosi con Pompeo durante la guerra civile, dopo la vittoria di Cesare si suicidò. Nella tradizione è diventato un simbolo della lotta per la libertà e della fedeltà ai propri principi.

The Broken Sword Sign
All'insegna della spada spezzata

La foresta aveva mille braccia grigie e un milione di dita argentee. Nel cielo di scura ardesia verde-azzurra le stelle erano fredde e scintillanti come schegge di ghiaccio. La campagna, con i suoi fitti boschi e le rare coltivazioni sparse qua e là, era intirizzita da un gelo pungente e friabile. Gli spazi neri tra un tronco e l'altro sembravano oscure caverne senza fondo di quello spietato inferno scandinavo, un inferno immensamente freddo. Perfino il campanile di pietra a base quadrata della chiesa era così nordico da sembrare pagano, quasi fosse una torre barbarica eretta tra gli scogli d'Islanda. Era una notte strana per visitare un cimitero, ma d'altro canto forse ne valeva la pena.

The thousand arms of the forest were grey, and its million fingers silver. In a sky of dark green-blue-like slate the stars were bleak and brilliant like splintered[81] ice. All that thickly wooded and sparsely tenanted countryside was stiff with a bitter and brittle frost. The black hollows between the trunks of the trees looked like bottomless, black caverns of that heartless Scandinavian hell, a hell of incalculable cold.[82] Even the square stone tower of the church looked northern to the point of heathenry, as if it were some barbaric tower among the sea rocks of Iceland. It was a queer night for anyone to explore a churchyard.[83] But, on the other hand, perhaps it was worth exploring.

---

[81] **splintered** – participio passato del verbo *to splinter* (scheggiarsi), derivato dall'omonimo sostantivo che significa "scheggia" (di vetro, pietra, legno ecc.), usato anche in funzione aggettivale nell'espressione *splinter group*, con la quale si denota un piccolo gruppo che si è staccato dalla maggioranza (gruppo scissionista).

[82] **The black hollows...** – come già nel racconto precedente, l'autore fa anche qui ricorso alla ripetizione di alcuni suoni, in questo caso l'allitterazione di *h* (*hollows, heartless, hell*), *t* (*trunks of the trees*), *b* e *l* (*looked like bottomless, black caverns*) e *c* (*incalculable cold*). Procedendo nella lettura, si noterà come questo espediente stilistico sia una costante di tutta la narrazione.

[83] **churchyard** – terreno che circonda una chiesa, solitamente di proprietà della parrocchia; nell'Inghilterra settentrionale e in Scozia viene chiamato anche *kirk-yard* o *kirkyaird*. Al contrario di un *graveyard* o di un *cemetery*, un *churchyard* non è necessariamente usato come luogo di sepoltura, infatti a partire dal Settecento tale uso fu vietato dalla legge per motivi di igiene pubblica, e oggi questo termine indica perlopiù semplici prati all'inglese intorno a una chiesa.

Sorgeva improvviso dalle distese boschive di frassini in una sorta di gobba o spalla di erba verde che alla luce delle stelle appariva grigia. Le tombe si trovavano per la maggior parte su un declivio e il sentiero che portava alla chiesa era ripido come una scala. In cima alla collina, nell'unico spazio pianeggiante e in vista, c'era il monumento che rendeva celebre quel luogo. Produceva un bizzarro contrasto con le anonime tombe che lo circondavano, essendo l'opera di uno dei più grandi scultori dell'Europa moderna, la cui fama tuttavia era stata subito oscurata da quella dell'uomo di cui aveva ritratto l'effigie. La luce argentea delle stelle disegnava con tratti sottili la massiccia figura metallica di un soldato disteso, le forti mani strette in un eterno gesto di preghiera e la grande testa posata su un fucile. Il venerabile volto era incorniciato da una barba, o meglio da un paio di favoriti dalla pesante foggia antiquata, alla maniera del colonnello Newcome. L'uniforme, benché solo tratteggiata da poche e semplici linee, era quella della guerra moderna. Alla sua destra era posata una spada con la punta spezzata e alla sua sinistra una Bibbia. Nei luminosi pomeriggi d'estate arrivavano carrozze cariche di americani e di colti provinciali a visitare il sepolcro, ma anche allora la vasta foresta da cui spuntava quel tozzo colle tondeggiante con il cimitero e la chiesa appariva come un luogo stranamente silenzioso e trascurato. In quella glaciale oscurità di metà inverno si potrebbe pensare di essere rimasti soli con le stelle. Ciononostante, nella quiete di quei rigidi boschi, un cancello di legno cigolò e due vaghe figure in nero cominciarono a salire lo stretto sentiero che portava alla tomba.

It rose abruptly out of the ashen wastes of forest in a sort of hump or shoulder of green turf that looked grey in the starlight. Most of the graves were on a slant, and the path leading up to the church was as steep as a staircase. On the top of the hill, in the one flat and prominent place, was the monument for which the place was famous. It contrasted strangely with the featureless graves all round, for it was the work of one of the greatest sculptors of modern Europe; and yet his fame was at once forgotten in the fame of the man whose image he had made. It showed, by touches of the small silver pencil of starlight, the massive metal figure of a soldier recumbent,[84] the strong hands sealed in an everlasting worship, the great head pillowed upon a gun. The venerable face was bearded, or rather whiskered, in the old, heavy Colonel Newcome[85] fashion. The uniform, though suggested with the few strokes of simplicity, was that of modern war. By his right side lay a sword, of which the tip was broken off; on the left side lay a Bible. On glowing summer afternoons wagonettes came full of Americans and cultured suburbans to see the sepulchre; but even then they felt the vast forest land with its one dumpy dome of churchyard and church as a place oddly dumb and neglected. In this freezing darkness of mid-winter one would think he might be left alone with the stars. Nevertheless, in the stillness of those stiff woods a wooden gate creaked, and two dim figures dressed in black climbed up the little path to the tomb.

[84] **recumbent** – aggettivo che significa "sdraiato", qui posposto al sostantivo per dare maggiore enfasi. Di origini latine, si tratta di una parola appartenente al registro formale.

[85] **Colonel Newcome** – riferimento al romanzo *The Newcomes* di William Makepeace Thackeray (1811-1863), pubblicato nel 1855. L'opera racconta la storia della famiglia Newcome, banchieri rispettati e benestanti, e in particolare del colonnello Thomas Newcome, rinomato per le sue virtù. Fino all'inizio del Novecento si trovano numerosi riferimenti a questo nome proprio per descrivere un uomo retto e onesto.

La gelida luce delle stelle era così debole che non si sarebbe potuto distinguere nulla dei due uomini, eccetto il fatto che, sebbene fossero entrambi vestiti di nero, uno era enorme, mentre l'altro (forse per contrasto) piccolo in modo quasi sorprendente. Raggiunsero la grande tomba scolpita dello storico guerriero e rimasero qualche minuto a osservarla. Per un ampio raggio tutt'intorno non c'era essere umano, né forse altra forma di vita, e un'immaginazione morbosa avrebbe potuto dubitare che fossero essi stessi umani. L'inizio della loro conversazione sarebbe apparso in ogni caso strano. Fu l'uomo basso a rompere il silenzio dicendo all'altro:

"Un saggio dove nasconderebbe un sassolino?"

Quello alto rispose con voce profonda: "Sulla spiaggia".

Il piccoletto annuì e, dopo una breve pausa, aggiunse: "Un saggio dove nasconderebbe una foglia?".

E l'altro rispose: "Nella foresta".

Ci fu di nuovo un silenzio e poi l'uomo alto proseguì: "State parlando del fatto che quando un saggio deve nascondere un diamante autentico può accadere che lo metta in mezzo a quelli falsi?".

"No, no" replicò il piccoletto con una risata, "il passato lasciamolo perdere".

Per qualche secondo batté a terra i piedi intirizziti dal freddo e poi disse: "Non sto affatto pensando a questo, ma a qualcos'altro, qualcosa di piuttosto bizzarro. Puoi accendere un fiammifero?".

So faint was that frigid starlight that nothing could have been traced about them except that while they both wore black, one man was enormously big, and the other (perhaps by contrast) almost startlingly small. They went up to the great graven tomb of the historic warrior, and stood for a few minutes staring at it. There was no human, perhaps no living, thing for a wide circle; and a morbid fancy might well have wondered if they were human themselves. In any case, the beginning of their conversation might have seemed strange. After the first silence the small man said to the other:

"Where does a wise man hide a pebble?[86]"

And the tall man answered in a low voice: "On the beach."

The small man nodded, and after a short silence said: "Where does a wise man hide a leaf?"

And the other answered: "In the forest."

There was another stillness, and then the tall man resumed: "Do you mean that when a wise man has to hide a real diamond he has been known to hide it among sham ones?"

"No, no," said the little man with a laugh, "we will let bygones be bygones.[87]"

He stamped his cold feet for a second or two, and then said: "I'm not thinking of that at all, but of something else; something rather peculiar. Just strike a match, will you?"

---

[86] **pebble** – si tratta di un "ciottolo". L'espressione *to be a pebble on the beach* significa "essere uno dei tanti", cioè "essere insignificante", mentre la variante *you're not the only pebble on the beach* (letteralmente "non sei l'unico ciottolo sulla spiaggia") è solitamente riferita in modo giocoso a un fidanzato o una fidanzata ed è traducibile con "non sei certo l'unico al mondo", nel senso di "non sei niente di speciale e posso fare a meno di te".

[87] **let bygones be bygones** – espressione che significa letteralmente "lasciamo che le cose passate siano cose passate". Il sostantivo *bygone* indica un evento ormai trascorso ed è un derivato del *phrasal verb to go by* (passare, trascorrere), più precisamente del suo participio passato (*gone by*).

L'omone rovistò in tasca e poco dopo venne sfregato un fiammifero e su tutto il lato piatto del monumento si diffuse un bagliore dorato. Su di esso erano incise a caratteri gotici le celebri parole che tanti americani avevano ossequiosamente letto: "Dedicato alla memoria del generale sir Arthur St Clare, eroe e martire, che sempre sconfisse i nemici e sempre li risparmiò, e infine fu da loro slealmente trucidato. Possa Dio, a cui egli si affidava, ripagarlo e vendicarlo".

Il fiammifero scottò le dita dell'omone, si annerì e cadde a terra. Lui stava per accenderne un altro, ma il suo piccolo compagno lo fermò. "Basta così, Flambeau, vecchio mio; ho visto quel che volevo. O, per meglio dire, non ho visto quel che non volevo. Ora ci aspettano due chilometri e mezzo di strada fino alla prossima locanda, e intanto

The big man fumbled in his pocket, and soon a scratch and a flare painted gold the whole flat side of the monument. On it was cut in black letters the well-known words which so many Americans had reverently read: "Sacred to the Memory of General Sir Arthur St Clare,[88] Hero and Martyr, who Always Vanquished his Enemies and Always Spared Them, and Was Treacherously Slain by Them At Last. May God in Whom he Trusted both Reward and Revenge him."

The match burnt the big man's fingers, blackened, and dropped. He was about to strike another, but his small companion stopped him. "That's all right, Flambeau,[89] old man; I saw what I wanted. Or, rather, I didn't see what I didn't want. And now we must walk a mile and a half along the road to the next inn,[90] and I will try to tell you all

---

[88] **General Sir Arthur St Clare** – nome creato dall'autore, ma sicuramente modellato su quello di Arthur St Clair (1737-1818), militare e politico americano. Nato in Scozia, servì nell'esercito britannico nella guerra franco-indiana, combattuta tra il 1754 e il 1763 da Francia e Gran Bretagna, e conclusasi con l'espulsione dei francesi dal continente nordamericano. Nel 1762 si stabilì in Pennsylvania dove intraprese una nuova carriera militare e politica.

[89] **Flambeau** – Hercule Flambeau è un personaggio di origini francesi (il termine *flambeau* significa "fiaccola","torcia") inventato da Chesterton per la serie di storie incentrate su padre Brown, di cui fa parte anche il presente racconto. Inizialmente un ladro di gioielli, viene convinto da padre Brown a cambiare vita e ad assisterlo nelle sue indagini.

[90] **inn** – si tratta di un "piccolo albergo" o di una "locanda" molto semplice, solitamente in campagna. Negli Stati Uniti il termine indica ancora oggi un albergo abbastanza economico ed è presente nei nomi di alcune catene di hotel o motel, come per esempio *Holiday Inn* o *Day's Inn*. Nell'inglese britannico in passato indicava inoltre un "pensionato" per studenti, in particolare per gli studenti di legge, ed è da questa accezione che deriva il termine *Inns of Court*, con il quale si indicano le quattro associazioni con sede a Londra (e i rispettivi edifici) alle quali devono essere iscritti tutti i *barristers* (avvocati delle corti superiori) dell'Inghilterra e del Galles per potere esercitare la propria professione.

cercherò di raccontarti tutto. Perché Dio sa che un uomo avrebbe bisogno di un fuoco e di una birra quando osa narrare una simile storia."

Scesero lungo il ripido sentiero, richiusero il cancello arrugginito e imboccarono con passo deciso e sonante la strada gelata che attraversava la foresta. Percorsero quasi mezzo chilometro prima che l'uomo più piccolo ricominciasse a parlare. "Sì, il saggio nasconde il sassolino su una spiaggia. Ma che cosa fa se non c'è una spiaggia? Sai qualcosa delle travagliate vicende di St Clare?"

"Dei generali inglesi non so niente, padre Brown" rispose l'omone ridendo, "però i poliziotti inglesi un po' li conosco. So soltanto che mi avete trascinato in lungo e in largo per tutti i santuari di questo tizio, chiunque egli sia. Si direbbe che sia sepolto in sei posti diversi. Ho visto un memoriale dedicato al generale St Clare nell'abbazia di Westminster. Ho visto una sua statua sull'Embankment dove è in sella a un cavallo rampante. Ho visto una targa nella strada dove è nato e un'altra in quella

about it. For Heaven knows a man should have fire and ale when he dares tell such a story."

They descended the precipitous path, they relatched the rusty gate, and set off at a stamping, ringing walk down the frozen forest road. They had gone a full quarter of a mile before the smaller man spoke again. He said: "Yes; the wise man hides a pebble on the beach. But what does he do if there is no beach? Do you know anything of that great St Clare trouble?"

"I know nothing about English generals, Father Brown," answered the large man, laughing, "though a little about English policemen. I only know that you have dragged me a precious long dance to all the shrines of this fellow, whoever he is. One would think he got buried in six different places. I've seen a memorial to General St Clare in Westminster Abbey.[91] I've seen a ramping equestrian statue of General St Clare on the Embankment.[92] I've seen a medallion[93] of General St

---

[91] **Westminster Abbey** – il nome completo di questa abbazia è Collegiate Church of Saint Peter in Westminster; si trova a Londra, a ovest del palazzo di Westminster, dove si riunisce il parlamento. Al suo interno si svolgono le cerimonie di incoronazione e di sepoltura dei monarchi britannici; qui si trovano anche le tombe di molti personaggi famosi, tra cui Isaac Newton, Georg Friedrich Händel, Charles Darwin e Rudyard Kipling.

[92] **Embankment** – si tratta del *Thames Embankment*, notevole opera di ingegneria civile realizzata a partire dalla seconda metà dell'Ottocento sotto la direzione di sir Joseph William Bazalgette (1819-1891). È un sistema di argini lungo i lati del fiume che ha lo scopo di prevenire eventuali inondazioni del Tamigi; ne fanno parte il *Victoria Embankment* e il *Chelsea Embankment.*

[93] **medallion** – dal francese *médaillon*, a sua volta derivato dall'italiano "medaglione" (accrescitivo di medaglia), indica una "grossa medaglia". Nel contesto del racconto si tratta più precisamente di una cosiddetta *blue plaque*, una targa commemorativa che riporta informazioni su personaggi o eventi di rilevanza storica collegati al luogo in cui è appunto affissa la targa. La prima *blue plaque* fu applicata nel 1867 in Holle Street a Londra in memoria di lord Byron.

dove ha vissuto. E ora mi portate qui, di notte, alla sua tomba nel cimitero del villaggio. Comincio a essere un po' stanco di questo magnifico personaggio, soprattutto dato che non ho la minima idea di chi sia. Che cosa andate cercando in tutte queste cripte ed effigi?".

"Sto cercando soltanto una parola" disse padre Brown. "Una parola che non c'è."

"Be', avete intenzione di parlarmene?" domandò Flambeau.

"Devo dividere il racconto in due parti" spiegò il sacerdote. "La prima è la storia che tutti conoscono e l'altra è quella che conosco io. Ora, quella che conoscono tutti è breve e piuttosto comune. E anche completamente errata."

"Benissimo" disse in tono allegro l'omone di nome Flambeau. "Cominciamo dalla parte sbagliata. Cominciamo con la storia che tutti conoscono e che non è vera."

"Se non del tutto falsa, è comunque molto inadeguata" continuò padre Brown, "poiché, in effetti, ciò che la gente sa consiste precisamente in questo: la gente sa che Arthur St Clare era un grande e vittorioso generale inglese. Sa che, dopo magnifiche seppur prudenti campagne in India e in Africa, guidò l'offensiva contro il Brasile quando il grande patriota brasiliano Olivier lanciò il suo ultimatum. Sa che in quell'occasione St Clare, con un contingente molto ridotto, attaccò Olivier, che invece ne aveva uno molto numeroso, e venne fatto prigioniero dopo un'eroica resistenza. E infine sa che, una volta catturato, St Clare fu impiccato all'albero più vicino, scatenando lo

Clare in the street he was born in, and another in the street he lived in; and now you drag me after dark to his coffin in the village churchyard. I am beginning to be a bit tired of his magnificent personality, especially as I don't in the least know who he was. What are you hunting for in all these crypts and effigies?"

"I am only looking for one word," said Father Brown. "A word that isn't there."

"Well," asked Flambeau; "are you going to tell me anything about it?"

"I must divide it into two parts," remarked the priest. "First there is what everybody knows; and then there is what I know. Now, what everybody knows is short and plain enough. It is also entirely wrong."

"Right you are," said the big man called Flambeau cheerfully. "Let's begin at the wrong end. Let's begin with what everybody knows, which isn't true."

"If not wholly[94] untrue, it is at least very inadequate," continued Brown; "for in point of fact, all that the public knows amounts precisely to this: The public knows that Arthur St Clare was a great and successful English general. It knows that after splendid yet careful campaigns both in India and Africa he was in command against Brazil when the great Brazilian patriot Olivier issued his ultimatum. It knows that on that occasion St Clare with a very small force attacked Olivier with a very large one, and was captured after heroic resistance. And it knows that after his capture, and to the abhorrence of the civilised world, St Clare was hanged[95] on the nearest tree. He was found swing-

[94] **wholly** – avverbio con il significato di "interamente"; la pronuncia corrisponde esattamente a quella dell'aggettivo *holy* (santo), dato che la *w* iniziale rimane muta. Analogamente l'aggettivo *whole* (intero) si pronuncia come il sostantivo *hole* (buco).

[95] **hanged** – forma regolare del participio passato del verbo *to hang* (appendere, essere appeso); le forme regolari del passato e del participio vengono usate esclusivamente nell'accezione di "impiccare", per tutte le altre accezioni si trovano invece più comunemente le forme irregolari *hung*, come poco più avanti nel racconto.

sdegno del mondo civilizzato. Lo ritrovarono appeso lì dopo che i brasiliani si furono ritirati, con la sua spada spezzata attaccata al collo".

"E questa storia popolare è falsa?" domandò Flambeau.

"No" rispose a bassa voce l'amico, "è del tutto vera, fino a questo punto".

"Be', mi pare che come punto sia decisamente finale!" osservò Flambeau; "ma se la storia popolare è vera, dove sta il mistero?"

Superarono centinaia di alberi grigi e spettrali prima che il piccolo sacerdote rispondesse alla domanda. Si mordicchiò un dito con aria pensierosa e disse: "Dunque, il mistero è di tipo psicologico. O, per meglio dire, è il mistero di due psicologie. In quella vicenda brasiliana due dei personaggi più celebri della storia moderna si comportarono in modo assolutamente contrario al loro carattere. Bada bene che, tanto Olivier quanto St Clare, erano degli eroi... eroi di vecchio stampo, su questo non c'è dubbio; fu come il duello tra Ettore e Achille. Ora, cosa penseresti di una situazione in cui Achille si dimostrasse pavido ed Ettore sleale?".

"Continuate" disse l'omone in tono impaziente, mentre l'altro tornava a mordicchiarsi il dito.

ing there after the Brazilians had retired, with his broken sword hung round his neck."

"And that popular story is untrue?" suggested Flambeau.

"No," said his friend quietly, "that story is quite true, so far as it goes."

"Well, I think it goes far enough!" said Flambeau; "but if the popular story is true, what is the mystery?"

They had passed many hundreds of grey and ghostly trees before the little priest answered. Then he bit his finger reflectively and said: "Why, the mystery is a mystery of psychology. Or, rather, it is a mystery of two psychologies. In that Brazilian business two of the most famous men of modern history acted flat against their characters. Mind you,[96] Olivier and St Clare were both heroes – the old thing, and no mistake; it was like the fight between Hector and Achilles. Now, what would you say to an affair in which Achilles was timid and Hector was treacherous?"

"Go on," said the large man impatiently as the other bit his finger again.

[96] **Mind you** – il verbo *to mind* deriva dal sostantivo *mind* (mente, memoria); le varie accezioni e le loro diverse sfumature sono quindi riconducibili al significato generico di "tenere a mente". Una frase che si trova di frequente nella metropolitana di Londra è, per esempio, *mind the gap*, con la quale i passeggeri vengono avvertiti dello spazio vuoto tra il treno e la banchina. L'espressione *mind you* (letteralmente "bada bene") è invece un mezzo stilistico usato nell'inglese parlato per ricollegarsi a un discorso fatto in precedenza; con essa si aggiunge un'ulteriore considerazione che è in contrapposizione oppure sminuisce quanto già detto. Lo stesso valore può essere assunto dalla parola *still* (*she works for long hours in very difficult conditions. Still, she is well paid*, lavora per molte ore e in condizioni difficili, però è pagata bene).

"Sir Arthur St Clare apparteneva alla vecchia categoria dei soldati religiosi... proprio quelli che ci salvarono durante l'ammutinamento" proseguì padre Brown. "Fu sempre un uomo più dedito al dovere che agli azzardi e, sebbene fosse molto coraggioso, fu senza dubbio un comandante prudente che non sopportava di perdere inutilmente dei soldati. E tuttavia in quell'ultima battaglia tentò un'impresa di cui perfino un bambino avrebbe colto l'assurdità. Non serve essere uno stratega per capire che si trattava di una follia, così come non serve essere uno stratega per farsi da parte quando passa un autobus. Questo è dunque il primo mistero: che fine aveva fatto l'intelligenza del generale inglese? Il secondo enigma è invece: che fine aveva fatto il buon cuore del generale brasiliano? Il presidente Olivier può essere giudicato un idealista o un seccatore, ma perfino i suoi nemici riconoscevano che era magnanimo come un cavaliere errante. Quasi tutti gli altri prigionieri che catturò furono liberati o addirittura ricoperti di benefici. Coloro che gli avevano recato gravi offese se ne andavano commossi dalla sua semplicità e gentilezza. Perché diamine avrebbe dovuto vendicarsi in modo tanto diabolico una sola volta in vita sua e in particolare per un attacco che non poteva nuocergli? Ecco dunque che uno degli uomini più saggi del mondo si è comportato come un idiota senza alcuna ragione. E uno degli uomini più buoni del mondo si è comportato come un demonio senza alcuna ragione. Questo è quanto; lascio a te l'ardua sentenza, ragazzo mio."

"Sir Arthur St Clare was a soldier of the old religious type – the type that saved us during the Mutiny,[97]" continued Brown. "He was always more for duty than for dash; and with all his personal courage was decidedly a prudent commander, particularly indignant at any needless waste of soldiers. Yet in this last battle he attempted something that a baby could see was absurd. One need not be a strategist to see it was as wild as wind; just as one need not be a strategist to keep out of the way of a motor-bus. Well, that is the first mystery; what had become of the English general's head? The second riddle is, what had become of the Brazilian general's heart? President Olivier might be called a visionary or a nuisance; but even his enemies admitted that he was magnanimous to the point of knight errantry. Almost every other prisoner he had ever captured had been set free or even loaded with benefits. Men who had really wronged him came away touched by his simplicity and sweetness. Why the deuce should he diabolically revenge himself only once in his life; and that for the one particular blow that could not have hurt him? Well, there you have it. One of the wisest men in the world acted like an idiot for no reason. One of the best men in the world acted like a fiend[98] for no reason. That's the long and the short of it; and I leave it to you, my boy."

---

[97] **Mutiny** – genericamente questo termine indica un "ammutinamento" oppure, in senso esteso, una "ribellione", una "rivolta". Nel racconto è scritto con l'iniziale maiuscola in quanto si tratta di un riferimento a un evento storico ben preciso, cioè all'*Indian Mutiny* o *Sepoy Mutiny*, una rivolta da parte delle truppe indiane contro il potere coloniale britannico dell'East India British Company, avvenuta tra il 1857 e il 1858.

[98] **fiend** – il termine originariamente indicava il contrario di *friend* (amico); in seguito acquisì il significato di "diavolo", inteso come "nemico" per antonomasia, e, in senso esteso, di "persona malvagia". Può indicare anche una persona dipendente oppure ossessionata in maniera eccessiva da qualcosa (*cocaine fiend*, cocainomane; *television fiend*, fanatico della televisione). Si noti che la pronuncia di *fiend* differisce da quella di *friend*, oltre che per la mancanza della *r*, anche perché il digramma *ie* corrisponde a un suono vocalico allungato come in *screened* (passato di *to screen*, "schermare"), *cleaned* (passato di *to clean*, "pulire") o *leaned* (passato di *to lean*, "inclinarsi, inclinare").

"Eh no" protestò l'altro sbuffando. "La sentenza dovete darla voi e ora fareste bene a raccontarmi tutto."

"Ebbene" proseguì padre Brown, "non sarebbe corretto affermare che l'impressione pubblica si limiti a quello che ti ho riferito senza aggiungere che da allora si sono verificati due fatti. Non posso dire che abbiano fatto luce sulla vicenda, dato che non li ha capiti nessuno. Hanno invece gettato altre ombre, o meglio hanno deviato l'ombra in nuove direzioni. Il primo fatto è questo. Il medico di famiglia dei St Clare litigò con loro e cominciò a pubblicare una serie di violenti articoli nei quali accusava il defunto generale di essere un fanatico religioso; tuttavia, stando ai suoi racconti, l'impressione era che il generale fosse poco più di un uomo religioso. A ogni modo la faccenda non ebbe alcun seguito. Tutti sapevano naturalmente che St Clare aveva alcune delle eccentricità tipiche della fede puritana. Il secondo fatto fu molto più interessante. Nello sventurato reggimento privo di rinforzi che compì quello sconsiderato tentativo al Rio Negro c'era un certo capitano Keith, che era all'epoca fidanzato con la figlia di St Clare e che in seguito la sposò. Fu tra quelli che vennero catturati da Olivier e, come tutti gli altri a eccezione del generale, pare sia stato trattato con grande generosità e prontamente liberato. Quest'uomo, che nel frattempo era diventato tenente colonnello, una ventina di anni dopo pubblicò una sorta di autobiografia intitolata *Un ufficiale britannico in*

"No, you don't," said the other with a snort. "I leave it to you; and you jolly[99] well tell me all about it."

"Well," resumed Father Brown, "it's not fair to say that the public impression is just what I've said, without adding that two things have happened since. I can't say they threw a new light; for nobody can make sense of them. But they threw a new kind of darkness; they threw the darkness in new directions. The first was this. The family physician of the St Clares quarrelled with that family, and began publishing a violent series of articles, in which he said that the late general was a religious maniac; but as far as the tale went, this seemed to mean little more than a religious man. Anyhow, the story fizzled out.[100] Everyone knew, of course, that St Clare had some of the eccentricities of puritan piety. The second incident was much more arresting. In the luckless and unsupported regiment which made that rash attempt at the Black River there was a certain Captain Keith, who was at that time engaged to St Clare's daughter, and who afterwards married her. He was one of those who were captured by Olivier, and, like all the rest except the general, appears to have been bounteously treated and promptly set free. Some twenty years afterwards this man, then Lieutenant-Colonel Keith, published a sort of autobiography called 'A British Officer in

[99] **jolly** – avverbio appartenente alla lingua parlata, più comunemente usato dalla *upper class* con il significato rafforzativo di "molto", "proprio" o "davvero". L'aggettivo dal quale deriva significa "allegro", "gioviale". Ovviamente il termine inglese non ha niente a che fare con l'italiano "jolly", usato nel gioco delle carte (in inglese *joker*).

[100] **fizzled out** – il verbo *to fizzle* è onomatopeico e significa "sibilare", riferito in particolar modo al suono prodotto da qualcosa che brucia lentamente, come per esempio la miccia di un fuoco d'artificio. Se la miccia si spegne prima dello scoppio, si usa invece il *phrasal verb to fizzle out*, dove l'avverbio *out* esprime lo spegnimento. Oltre ad avere questo senso concreto, *to fizzle out* è usato molto spesso in senso figurato con il significato di "concludersi con un nulla di fatto", "essere un fiasco".

Birmania e in Brasile. Laddove un lettore cercherebbe ansiosamente un resoconto della misteriosa disfatta di St Clare si trovano le seguenti parole: 'In ogni altra parte di questo libro ho narrato i fatti esattamente come sono avvenuti, avendo l'antiquata convinzione che la gloria dell'Inghilterra è abbastanza antica da badare a se stessa. L'unica eccezione che farò riguarda la sconfitta avvenuta presso il Rio Negro, e le mie ragioni, sebbene personali, sono onorevoli e imprescindibili. Aggiungerò tuttavia quanto segue per rendere giustizia alla memoria di due uomini illustri. Il generale St Clare fu accusato di incapacità in quel frangente; io posso perlomeno testimoniare che quell'azione, adeguatamente compresa, fu una delle più geniali e sagaci della sua vita. Simili dicerie accusano poi il presidente Olivier di selvaggia ingiustizia. Ritengo doveroso, per l'onore di un nemico, affermare che in tale occasione egli si comportò in modo ancor più benevolo di quanto non fosse sua abitudine. Detto in termini popolari, posso assicurare ai miei compatrioti che St Clare non fu affatto lo sciocco né Olivier il bruto che sembrano. Questo è tutto ciò che ho da dire e nessuna considerazione al mondo mi indurrà ad aggiungere una sola parola' ".

Una grande luna gelida come una lucida palla di neve fece capolino attraverso l'intrico di rami davanti a loro e, alla sua luce, il narratore aveva potuto rinfrescare la propria memoria sul testo scritto dal capitano Keith, leggendolo da un pezzetto di carta stampata. Mentre lo piegava e lo riponeva in tasca, Flambeau sollevò una mano in un gesto tipicamente francese.

"Aspettate, aspettate un attimo" esclamò agitato. "Credo di poter indovinare al primo colpo."

Burmah[101] and Brazil.' In the place where the reader looks eagerly for some account of the mystery of St Clare's disaster may be found the following words: 'Everywhere else in this book I have narrated things exactly as they occurred, holding as I do the old-fashioned opinion that the glory of England is old enough to take care of itself. The exception I shall make is in this matter of the defeat by the Black River; and my reasons, though private, are honourable and compelling. I will, however, add this in justice to the memories of two distinguished men. General St Clare has been accused of incapacity on this occasion; I can at least testify that this action, properly understood, was one of the most brilliant and sagacious of his life. President Olivier by similar report is charged with savage injustice. I think it due to the honour of an enemy to say that he acted on this occasion with even more than his characteristic good feeling. To put the matter popularly, I can assure my countrymen that St Clare was by no means such a fool nor Olivier such a brute as he looked. This is all I have to say; nor shall any earthly consideration induce me to add a word to it.' "

A large frozen moon like a lustrous snowball began to show through the tangle of twigs in front of them, and by its light the narrator had been able to refresh his memory of Captain Keith's text from a scrap of printed paper. As he folded it up and put it back in his pocket Flambeau threw up his hand with a French gesture.

"Wait a bit, wait a bit," he cried excitedly. "I believe I can guess it at the first go."

[101] **Burmah** – nell'inglese contemporaneo più comunemente *Burma*, in italiano "Birmania". Il paese ottenne l'indipendenza dal Regno Unito il 4 gennaio 1948; nel 1989 il governo militare cambiò ufficialmente il nome in Myanmar.

Camminava con grandi falcate e il respiro affannato, la testa nera e il collo taurino protesi in avanti come un uomo che sta per vincere una gara di marcia. Il piccolo sacerdote, divertito e interessato, faceva un po' fatica a stare al suo passo. Proprio davanti a loro gli alberi si aprivano leggermente su entrambi i lati e la strada scendeva attraverso una valle aperta e illuminata dalla luna, per poi tuffarsi di nuovo come un coniglio nel muro di un altro bosco. L'ingresso di quella foresta appariva piccolo e rotondo, simile alla nera cavità di una lontana galleria ferroviaria. E invece si trovava a poche centinaia di metri e, prima che Flambeau ricominciasse a parlare, si spalancò davanti a loro come una caverna.

"Ci sono" gridò infine, dandosi una pacca sulla coscia con l'enorme mano. "Ci ho pensato quattro minuti e posso già raccontarvi tutta la vostra storia."

"Va bene" approvò l'amico. "Allora raccontala."

Flambeau alzò la testa, ma abbassò la voce. "Il generale sir Arthur St Clare" disse, "veniva da una famiglia in cui la pazzia era ereditaria. Avrebbe fatto di tutto pur di tenerne all'oscuro la figlia e, se possibile, anche il futuro genero. A torto o a ragione, riteneva di essere prossimo

He strode on, breathing hard, his black head and bull neck forward, like a man winning a walking race. The little priest, amused and interested, had some trouble in trotting beside him. Just before[102] them the trees fell back a little to left and right, and the road swept downwards across a clear, moonlit valley, till it dived again like a rabbit into the wall of another wood. The entrance to the farther forest looked small and round, like the black hole of a remote railway tunnel. But it was within some hundred yards, and gaped like a cavern before Flambeau spoke again.

"I've got it,[103]" he cried at last, slapping his thigh with his great hand. "Four minutes' thinking, and I can tell your whole story myself."

"All right," assented his friend. "You tell it."

Flambeau lifted his head, but lowered his voice. "General Sir Arthur St Clare," he said, "came of a family in which madness was hereditary; and his whole aim was to keep this from his daughter, and even, if possible, from his future son-in-law.[104] Rightly or wrongly, he

---

[102] **before** – qui in funzione di preposizione di luogo con il significato di "davanti a", un'accezione appartenente al registro formale, espressa oggi più comunemente da *in front of.* La preposizione *before* viene attualmente usata soprattutto con valore temporale (*he arrived at home before me,* arrivò a casa prima di me) o all'interno di una successione (*he was before me in the line,* era davanti a me nella fila). È comune anche per esprimere che qualcosa viene guardato o giudicato da qualcuno (*the proposal was put before the committee,* la proposta fu presentata al comitato).

[103] **I've got it** – il verbo *to get* (qui al participio passato *got*) ha numerose accezioni riconducibili al significato generico di "prendere", "afferrare". Nell'espressione presente nel racconto, il verbo è usato con il significato di "capire".

[104] **son-in-law** – il suffisso *-in-law* (letteralmente "nella legge") viene aggiunto ai nomi che esprimono una parentela, conferendo a essi il significato di "acquisito per matrimonio"; un *son-in-law* sarà perciò il marito della propria figlia e quindi il "genero". Altri esempi sono *mother-in-law* (suocera), *father-in-law* (suocero), *sister-in-law* (cognata), *brother-in-law* (cognato). Il sostantivo *in-laws,* usato solo al plurale, indica i "parenti acquisiti" (in inglese anche *parents-in-law*), specialmente i suoceri.

al crollo definitivo e decise di togliersi la vita. Tuttavia un normale suicidio avrebbe reso noto proprio ciò che egli tanto temeva. Con l'avvicinarsi della campagna militare le nubi si addensarono nella sua mente e alla fine, in un momento di follia, sacrificò il suo dovere pubblico a quello privato. Si lanciò avventatamente all'assalto, sperando di cadere al primo colpo. Quando si rese conto di aver ottenuto soltanto la cattura e il disonore, la bomba chiusa nella sua mente esplose e così spezzò la propria spada e si impiccò".

Fissò intensamente innanzi a sé la grigia facciata della foresta con quell'unica apertura nera, simile alla bocca di un sepolcro, nella quale si inoltrava il sentiero. Forse qualcosa di minaccioso in quella strada che veniva inghiottita all'improvviso rese ancor più vivida la sua visione della tragedia, perché rabbrividì.

"Una storia orribile" disse.

"Una storia orribile" ripeté il sacerdote a capo chino. "Però non è quella vera."

Poi buttò indietro la testa in una sorta di gesto disperato ed esclamò: "Oh, quanto vorrei che lo fosse".

L'alta figura di Flambeau si voltò e fissò l'amico.

"La tua è una storia pulita" dichiarò padre Brown con profonda commozione. "Una storia dolce, pura e onesta, sincera e candida come quella luna. La follia e la disperazione sono sentimenti alquanto innocenti. Ci sono cose peggiori, Flambeau."

Flambeau levò uno sguardo sconcertato sulla luna così invocata che in quel punto era attraversata da un ramo nero e ricurvo proprio come un corno del diavolo.

"Padre... padre" esclamò Flambeau, gesticolando alla maniera francese e aumentando ancor più il passo, "volete dire che è stato peggio di così?"

thought the final collapse was close, and resolved on suicide. Yet ordinary suicide would blazon the very idea he dreaded. As the campaign approached the clouds came thicker on his brain; and at last in a mad moment he sacrificed his public duty to his private. He rushed rashly into battle, hoping to fall by the first shot. When he found that he had only attained capture and discredit, the sealed bomb in his brain burst, and he broke his own sword and hanged himself."

He stared firmly at the grey façade[105] of forest in front of him, with the one black gap in it, like the mouth of the grave, into which their path plunged. Perhaps something menacing in the road thus suddenly swallowed reinforced his vivid vision of the tragedy, for he shuddered.

"A horrid story," he said.

"A horrid story," repeated the priest with bent head. "But not the real story."

Then he threw back his head with a sort of despair and cried: "Oh, I wish it had been."

The tall Flambeau faced round and stared at him.

"Yours is a clean story," cried Father Brown, deeply moved. "A sweet, pure, honest story, as open and white as that moon. Madness and despair are innocent enough. There are worse things, Flambeau."

Flambeau looked up wildly at the moon thus invoked; and from where he stood one black tree-bough curved across it exactly like a devil's horn.

"Father – father," cried Flambeau with the French gesture and stepping yet more rapidly forward, "do you mean it was worse than that?"

[105] **façade** – prestito dal francese, di cui conserva vagamente la pronuncia: l'accento tonico si trova sulla seconda sillaba e la lettera *c* corrisponde a una *s* muta.

"Peggio di così" ripeté Paul come un'eco solenne. Dopodiché si immersero nel nero chiostro del bosco che scorreva loro accanto in un cupo arazzo di tronchi, simile a uno di quei bui corridoi che si vedono nei sogni.

Giunsero ben presto nelle viscere più profonde della foresta; sentivano il fogliame vicino a loro, benché non riuscissero a vederlo, e il sacerdote disse di nuovo:

"Un saggio dove nasconde una foglia? Nella foresta. Ma che cosa fa se non c'è una foresta?"

"Già, già" esclamò Flambeau in tono irritato, "che cosa fa?".

"Fa crescere una foresta per nasconderla" rispose il sacerdote con voce cupa. "Un terribile peccato."

"Sentite" ribatté l'amico con impazienza, dato che l'oscuro bosco e quelle oscure parole l'avevano reso un po' nervoso, "me la volete raccontare questa storia oppure no? Quali altre prove ci sono?".

"Ce ne sono altre tre" rispose padre Brown, "che mi sono procurato in segreto e che ti fornirò in ordine logico invece che cronologico.

"Worse than that," said Paul like a grave echo. And they plunged into[106] the black cloister of the woodland, which ran by them in a dim tapestry of trunks, like one of the dark corridors in a dream.

They were soon in the most secret entrails of the wood, and felt close about them foliage that they could not see, when the priest said again:

"Where does a wise man hide a leaf? In the forest. But what does he do if there is no forest?"

"Well, well," cried Flambeau irritably, "what does he do?"

"He grows a forest to hide it in," said the priest in an obscure voice. "A fearful sin."

"Look here," cried his friend impatiently, for the dark wood and the dark sayings got a little on his nerves; "will you tell me this story or not? What other evidence[107] is there to go on?"

"There are three more bits of evidence," said the other, "that I have dug up in holes and corners; and I will give them in logical rather than

---

[106] **plunged into** – il verbo *to plunge* esprime in primo luogo il concetto di "tuffarsi" e, in senso esteso, quello di "affondare", "immergere" o "immergersi". Inoltre ha il significato figurato di "crollare" nel senso di diminuire rapidamente e notevolmente. È usato con le preposizioni *in* o *into* per indicare il movimento verso l'interno di qualcosa e la sua immersione completa (*she plunged her hands into her pockets,* affondò le mani nelle tasche); in senso figurato significa "lanciarsi", riferito a una situazione incerta (*you must consider the risks of plunging into the new business,* devi considerare i rischi prima di buttarti in questo nuovo affare), oppure "intromettersi" (*she suddenly plunged into the conversation,* all'improvviso si intromise nella conversazione). Più avanti nel testo troveremo *to plunge* accompagnato dalla preposizione *through,* che suggerisce l'idea di qualcosa che penetra in qualcos'altro, attraversandolo.

[107] **evidence** – sostantivo *uncountable* (non numerabile) che significa "prova", "testimonianza". Per riferirsi a una singola prova si usa, come poco oltre nel racconto, *a bit of evidence* oppure *a piece of evidence.*

Innanzitutto, naturalmente, l'autorevole fonte a cui attingeremo per conoscere l'esito e lo svolgimento della battaglia sono i dispacci di Olivier stesso, che sono piuttosto chiari a riguardo. Egli era arroccato con due o tre reggimenti sulle alture che sovrastavano il Rio Negro, dall'altra parte del quale c'era una zona più bassa e paludosa. Oltre si ergevano nuovamente dei dolci rilievi e lì si trovava il primo avamposto inglese, supportato da altri che erano tuttavia molto più arretrati. Numericamente le forze britanniche erano di gran lunga superiori nel complesso, ma quello specifico reggimento era abbastanza lontano dalla propria base da far considerare a Olivier l'ipotesi di attraversare il fiume per tagliarlo fuori. Al tramonto aveva tuttavia deciso di mantenere la sua posizione, che era particolarmente forte. All'alba dell'indomani rimase sbalordito vedendo che quell'isolato manipolo di inglesi, del tutto sprovvisti di retrovie, aveva attraversato in gran fretta il fiume, metà servendosi di un ponte sulla destra e l'altra metà di un guado più a monte, e si era ammassato sull'argine paludoso sotto di lui.

"Era già incredibile che volessero tentare un attacco contro una simile posizione con un numero così esiguo di soldati, ma Olivier notò

chronological order. First of all, of course, our authority for the issue and event of the battle is in Olivier's own dispatches, which are lucid enough. He was entrenched with two or three regiments on the heights that swept down to the Black River, on the other side of which was lower and more marshy ground. Beyond this again was gently rising country, on which was the first English outpost, supported by others which lay, however, considerably in its rear. The British forces as a whole were greatly superior in numbers; but this particular regiment was just far enough from its base to make Olivier consider the project of crossing the river to cut it off. By sunset, however, he had decided to retain his own position, which was a specially strong one. At daybreak next morning he was thunderstruck[108] to see that this stray handful of English, entirely unsupported from their rear, had flung themselves across the river, half by a bridge to the right, and the other half by a ford higher up, and were massed upon the marshy bank below him.

That they should attempt an attack with such numbers against such a position was incredible enough;[109] but Olivier noticed something yet

[108] **thunderstruck** – aggettivo composto dal sostantivo *thunder* (tuono) e dal participio passato del verbo *to strike* (colpire), di cui esiste anche la variante *stricken.* Vi sono diversi aggettivi formati mediante l'accostamento di un sostantivo e del participio *struck* o *stricken*, solitamente divisi da un trattino: *terror-struck/terror-stricken* (in preda al terrore, terrorizzato), *horror-struck/horror-stricken* (inorridito), *awe-struck/awe-stricken* (intimorito).

[109] **That they should attempt...** – questa frase presenta una sintassi particolare, in quanto la subordinata precede la frase principale. Si tratta di una scelta stilistica dettata dall'enfasi che l'autore ha voluto porre sulla straordinarietà del fatto descritto. La normale costruzione sarebbe *it was incredible enough that they should attempt...*, dove il pronome *it* diventa necessario per dare un soggetto alla principale.

qualcosa di ancor più straordinario. Invece di cercare di spostarsi su un terreno più compatto, quel reggimento di folli, che si era lasciato il fiume alle spalle con una carica selvaggia, si limitò a restare lì nel pantano come uno sciame di mosche nella melassa. Inutile dire che l'artiglieria brasiliana aprì ampi varchi nelle loro fila, a cui essi poterono rispondere soltanto con vigorosi, benché sempre più rari, colpi di fucile. Tuttavia non cedettero fino alla fine, e lo stringato resoconto di Olivier si conclude con un appassionato tributo di ammirazione all'inspiegabile valore di quegli imbecilli. 'Poi le nostre linee si lanciarono nell'avanzata finale' scrive Olivier, 'e li sospinsero nel fiume; catturammo il generale St Clare e molti altri ufficiali. Il colonnello e il maggiore erano entrambi caduti in battaglia. Non posso fare a meno di affermare che nella storia si sono potuti vedere pochi spettacoli più grandiosi dell'ultima resistenza di questo straordinario reggimento; ufficiali feriti raccoglievano i fucili dei soldati morti e il generale stesso ci affrontava sul suo cavallo, a capo scoperto e brandendo una spada spezzata'. Su ciò che in seguito accadde al generale, Olivier tace al pari del capitano Keith."

"Bene" borbottò Flambeau, "ora passate all'altra prova".

more extraordinary. For instead of attempting to seize more solid ground, this mad regiment, having put the river in its rear by one wild charge, did nothing more, but stuck there in the mire like flies in treacle. Needless to say, the Brazilians blew great gaps in them with artillery, which they could only return with spirited but lessening rifle fire. Yet they never broke; and Olivier's curt account ends with a strong tribute of admiration for the mystic valour of these imbeciles. 'Our line then advanced finally,' writes Olivier, 'and drove them into the river; we captured General St Clare himself[110] and several other officers. The colonel and the major had both fallen in the battle. I cannot resist saying that few finer sights can have been seen in history than the last stand of this extraordinary regiment; wounded officers picking up the rifles of dead soldiers, and the general himself facing us on horseback bareheaded and with a broken sword.' On what happened to the general afterwards Olivier is as silent as Captain Keith."

"Well," grunted[111] Flambeau, "get on to the next bit of evidence."

---

[110] **himself** – i pronomi riflessivi sono solitamente usati per indicare la coincidenza tra soggetto e complemento oggetto e/o complemento di termine di una frase (*he poured himself a drink*, si versò da bere), anche dopo una preposizione (*I was quite ashamed of myself*, mi vergognai di me stesso). In altri casi il pronome serve per dare particolare enfasi alla persona o all'oggetto a cui si riferisce: la frase del racconto sottolinea il fatto che è stato catturato nientemeno che il generale in persona. Troviamo un uso analogo di *himself* poche righe più oltre: *and the general himself facing us on horseback* (il generale stesso ci affrontava sul suo cavallo).

[111] **grunted** – il sostantivo *grunt* designa il tipico verso emesso da un maiale o un cinghiale; il verbo di conseguenza significa "grugnire"e, in senso esteso, indica l'emettere suoni gutturali e quasi incomprensibili da parte di una persona, in segno di disapprovazione o approvazione.

"L'altra prova" proseguì padre Brown, "ci ho messo un po' a scovarla, ma non mi ci vorrà molto a esportela. In un ospizio per i poveri nella regione dei Fens nel Lincolnshire ho finalmente rintracciato un vecchio soldato che non solo era stato ferito al Rio Negro, ma che si era inginocchiato accanto al colonnello del reggimento mentre questi moriva. Si trattava di un certo colonnello Clancy, un irlandese grosso come un toro che pare sia morto quasi più per la rabbia che per i proiettili. A ogni modo, egli non fu responsabile di quell'assurda incursione; doveva essergli stata imposta dal generale. Le sue ultime edificanti parole, a detta del mio informatore, furono: 'Ecco là quel vecchio somaro maledetto con la punta della spada tranciata. Vorrei tanto che quella sorte fosse toccata alla sua testa'. Ti sarai accorto che tutti sembrano aver notato questo dettaglio della spada spezzata, benché i più lo considerino con maggior riverenza di quanto non fece il defunto colonnello Clancy. E ora il terzo elemento di prova".

Il sentiero che attraversava il bosco cominciò a salire e il narratore si fermò un momento a riprendere fiato prima di proseguire il racconto. Dopodiché riprese nello stesso tono pratico.

"Non più di due mesi fa in Inghilterra è morto un ufficiale brasiliano che aveva litigato con Olivier e lasciato il suo paese. Era una

"The next evidence," said Father Brown, "took some time to find, but it will not take long to tell. I found at last in an almshouse[112] down in the Lincolnshire Fens[113] an old soldier who not only was wounded at the Black River, but had actually knelt beside the colonel of the regiment when he died. This latter was a certain Colonel Clancy, a big bull of an Irishman; and it would seem that he died almost as much of rage as of bullets. He, at any rate, was not responsible for that ridiculous raid; it must have been imposed on him by the general. His last edifying words, according to my informant, were these: 'And there goes the damned old donkey with the end of his sword knocked off. I wish it was his head.' You will remark that everyone seems to have noticed this detail about the broken sword blade, though most people regard it somewhat more reverently than did the late Colonel Clancy. And now for the third fragment."

Their path through the woodland began to go upward, and the speaker paused a little for breath before he went on. Then he continued in the same business-like tone:

"Only a month or two ago a certain Brazilian official died in England, having quarrelled with Olivier and left his country. He was

[112] **almshouse** – ospizio fondato da un'istituzione di carità per accogliere i poveri. Il sostantivo plurale *alms* appartiene al registro letterario e significa "carità" o "elemosina", termine con il quale è etimologicamente affine (entrambi derivano dal greco per il tramite del latino). Nella pronuncia di *alms* la *l* rimane muta, per cui la parola è omofona di *arms* (armi).

[113] **Lincolnshire Fens** – *the Fens* o anche *the Fenlands* è il nome di una regione paludosa dell'Inghilterra orientale (Lincolnshire, Cambridgeshire e contee limitrofe) che, grazie a successive bonifiche, oggi è diventata una zona agricola. Con il termine *fen* gli abitanti locali indicano un terreno paludoso o bonificato, nonché il particolare tipo di palude presente in quei luoghi, caratterizzato dalla presenza di erba alta e giunchi.

figura nota sia qui che sul continente, uno spagnolo di nome Espado; io lo conoscevo di persona, era un vecchio damerino con la faccia gialla e il naso aquilino. Per varie ragioni di natura privata, ottenni il permesso di consultare i documenti che aveva lasciato; era cattolico, naturalmente, e io gli ero stato accanto durante i suoi ultimi giorni. Tra le sue cose non c'era nulla che chiarisse qualche aspetto dell'oscura vicenda di St Clare, a parte cinque o sei comuni quaderni contenenti il diario di un soldato inglese. Posso solo supporre che fossero stati ritrovati dai brasiliani sul corpo di uno dei caduti. A ogni modo, il diario si interrompe bruscamente la notte prima della battaglia.

"Ma il resoconto che quel poveretto fa del suo ultimo giorno di vita valeva certo la pena leggerlo. L'ho qui con me, ma è troppo buio per leggerlo, quindi te ne farò un sunto. La prima parte è intrisa di battute, che evidentemente giravano tra gli uomini, su un tale chiamato l'Avvoltoio. Sembrerebbe che quest'uomo, chiunque egli sia, non fosse uno di loro e nemmeno un inglese, né si parla di lui come di un nemico. Si direbbe piuttosto che fosse un intermediario locale, un non combattente, forse una guida o un giornalista. Teneva colloqui privati con il vecchio colonnello Clancy, ma lo si vedeva più spesso parlare

a well-known figure both here and on the Continent,[114] a Spaniard named Espado; I knew him myself, a yellow-faced old dandy, with a hooked nose. For various private reasons I had permission to see the documents he had left; he was a Catholic, of course, and I had been with him towards the end. There was nothing of his that lit up any corner of the black St Clare business, except five or six common exercise books filled with the diary of some English soldier. I can only suppose that it was found by the Brazilians on one of those that fell. Anyhow, it stopped abruptly the night before the battle.

"But the account of that last day in the poor fellow's life was certainly worth reading. I have it on me; but it's too dark to read it here, and I will give you a résumé.[115] The first part of that entry is full of jokes, evidently flung about among the men, about somebody called the Vulture. It does not seem as if this person, whoever he was, was one of themselves, nor even an Englishman; neither is he exactly spoken of as one of the enemy. It sounds rather as if he were some local go-between and non-combatant; perhaps a guide or a journalist. He has been closeted with old Colonel Clancy; but is more often seen talking

---

[114] **the Continent** – oltre a indicare ciascuno dei maggiori complessi di terre emerse circondati da oceani, il sostantivo *continent* indica la terraferma rispetto alle isole o alle penisole vicine. Scritto con l'iniziale maiuscola viene usato dagli inglesi per riferirsi al continente europeo in opposizione alle isole britanniche.

[115] **résumé** – prestito dal francese (riassunto, sunto); la pronuncia si è leggermente modificata passando in inglese: l'accento tonico si è spostato sulla prima sillaba e la *u* è pronunciata come quella di *music* (musica); la *e* finale assomiglia al suono vocalico in *May* (maggio) oppure *pay* (pagare). Mentre nell'inglese britannico il termine ha mantenuto esclusivamente il significato di "riassunto" ed è perciò un sinonimo di *summary*, nell'inglese americano, scritto spesso senza accenti, può significare anche "curriculum vitae".

con il maggiore. In effetti il maggiore è una figura di spicco nel racconto di questo soldato; pare fosse un uomo snello e bruno di nome Murray, un puritano dell'Irlanda del Nord. Ci sono continui motteggi sul contrasto tra l'austerità di questo uomo dell'Ulster e la convivialità del colonnello Clancy e anche qualche battuta sul fatto che l'Avvoltoio vestiva con colori sgargianti.

"Ma tutte queste sciocchezze vengono disperse da quello che si può ben definire uno squillo di tromba. Alle spalle dell'accampamento inglese e quasi parallela al fiume correva una delle poche grandi strade di quella regione. A occidente la strada curvava verso il fiume e poi lo attraversava per mezzo del ponte di cui ho già parlato. A oriente tornava indietro inoltrandosi in un territorio selvaggio e, dopo circa tre chilometri, arrivava al successivo avamposto inglese. Proprio da quella direzione giunsero quella sera un bagliore e un tintinnio di cavalleria leggera in cui perfino l'ingenuo diarista riconobbe con stupore il generale accompagnato dal suo stato maggiore. Questi era in sella al magnifico cavallo bianco che spesso si vede nei giornali illustrati e nei ritratti dell'Accademia, e puoi star certo che il saluto che i suoi uomini gli rivolsero non fu una pura formalità. A ogni modo egli non si perse in cerimonie ma, balzato subito giù da cavallo, si unì al gruppo degli ufficiali e avviò con essi una conversazione animata

to the major. Indeed, the major is somewhat prominent in this soldier's narrative; a lean, dark-haired man, apparently, of the name of Murray – a north of Ireland[116] man and a Puritan. There are continual jests about the contrast between this Ulsterman's austerity and the conviviality of Colonel Clancy. There is also some joke about the Vulture wearing bright-coloured clothes.

"But all these levities are scattered by what may well be called the note of a bugle. Behind the English camp and almost parallel to the river ran one of the few great roads of that district. Westward the road curved round towards the river, which it crossed by the bridge before mentioned. To the east the road swept backwards into the wilds, and some two miles along it was the next English outpost. From this direction there came along the road that evening a glitter and clatter of light cavalry, in which even the simple diarist could recognise with astonishment the general with his staff. He rode the great white horse which you have seen so often in illustrated papers and Academy pictures; and you may be sure that the salute[117] they gave him was not merely ceremonial. He, at least, wasted no time on ceremony, but, springing from the saddle immediately, mixed with the group of officers, and fell into emphatic

[116] **north of Ireland** – le indicazioni riguardanti l'Irlanda presenti nel testo sono ovviamente da collocare nel periodo precedente la divisione dell'isola in *Northern Ireland* e *Republic of Ireland* o *Eire*, avvenuta nel 1920, per cui nel testo l'indicazione di *north of Ireland* e *Ulster* (il maggiore Murray viene definito poco sotto come un *Ulsterman*) coincidono. Oggi il termine *Ulster* viene spesso erroneamente applicato all'Irlanda del Nord, parte del Regno Unito, ma in realtà comprenderebbe nove contee, di cui tre si trovano nella Repubblica d'Irlanda.

[117] **salute** – termine che designa in primo luogo un "saluto militare". In senso esteso può indicare un gesto di approvazione piuttosto formale verso qualcuno che ha raggiunto un traguardo importante (*everyone raised their glasses in salute*, tutti alzarono i loro bicchieri in segno di approvazione).

sebbene confidenziale. Ciò che più colpì il nostro amico diarista fu la sua particolare tendenza a discutere con il maggiore Murray, ma in effetti tale scelta, purché non fosse troppo marcata, non era affatto anomala. I due uomini sembravano fatti per andare d'accordo; entrambi 'leggevano la Bibbia' e incarnavano il vecchio modello di ufficiale evangelico. Comunque sia, quando il generale rimontò in sella di certo stava ancora parlando in toni accesi con Murray e, mentre percorreva lentamente a cavallo la strada per il fiume, l'alto nordirlandese avanzava al suo fianco proseguendo quella fervente discussione. I soldati rimasero a guardarli finché non sparirono dietro un boschetto dove la strada svoltava in direzione del fiume. Il colonnello era tornato alla propria tenda e gli uomini ai loro picchetti; il soldato del diario si attardò ancora qualche minuto e vide uno spettacolo meraviglioso.

"Il magnifico cavallo bianco che aveva marciato a passo lento lungo la strada, come aveva fatto in tanti cortei, tornò indietro verso di loro galoppando all'impazzata, quasi dovesse vincere una corsa. All'inizio pensarono che il generale avesse perso il controllo, ma ben presto videro invece che era proprio lui, un cavaliere provetto, a spronarlo a tutta velocità. Uomo e cavallo li raggiunsero come un ciclone, dopodiché, tirando le redini del suo destriero barcollante, il generale rivolse loro un'espressione di fuoco e chiamò il colonnello con una voce che sembrava la tromba che desta i morti.

though confidential speech. What struck our friend the diarist most was his special disposition to discuss matters with Major Murray; but, indeed, such a selection, so long as it was not marked, was in no way unnatural. The two men were made for sympathy; they were men who 'read their Bibles'; they were both the old Evangelical type of officer. However this may be, it is certain that when the general mounted again he was still talking earnestly to Murray; and that as he walked his horse slowly down the road towards the river, the tall Ulsterman still walked by his bridle rein[118] in earnest debate. The soldiers watched the two until they vanished behind a clump of trees where the road turned towards the river. The colonel had gone back to his tent, and the men to their pickets; the man with the diary lingered for another four minutes, and saw a marvellous sight.

"The great white horse which had marched slowly down the road, as it had marched in so many processions, flew back, galloping[119] up the road towards them as if it were mad to win a race. At first they thought it had run away with the man on its back; but they soon saw that the general, a fine rider, was himself urging it to full speed. Horse and man swept up to them like a whirlwind; and then, reining up the reeling charger, the general turned on them a face like flame, and called for the colonel like the trumpet that wakes the dead.

[118] **rein** – termine che indica una "redine"; la parola è omofona di *rain* (pioggia) e *reign* (regno). Più avanti nel testo troveremo invece il *phrasal verb to rein up*, con il significato di "tirare le redini" (per far rallentare o fermare il cavallo); può esprimere anche l'azione di legare il cavallo da qualche parte con le redini.

[119] **galloping** – il verbo *to gallop* (galoppare) deriva dal sostantivo omonimo che indica il "galoppo". Altri termini che descrivono l'andatura del cavallo sono *pace* (passo), *trot* (trotto), *extended trot* (trotto allungato), *canter* (piccolo galoppo).

"Suppongo che tutti i tumultuosi eventi di quella catastrofe si accumularono come ciarpame nelle menti di uomini quali il nostro amico del diario. Avvolti nella confusa eccitazione di un sogno, si ritrovarono schierati in ranghi in men che non si dica e appresero che dovevano sferrare immediatamente un'offensiva oltre il fiume. Il generale e il maggiore, a quanto si diceva, avevano scoperto qualcosa al ponte e ormai c'era giusto il tempo di attaccare per tentare di salvarsi. Il maggiore era subito andato a chiamare i rinforzi che si trovavano lungo la strada ma, nonostante la tempestività della richiesta, non era affatto detto che li raggiungessero in tempo. In ogni caso avrebbero dovuto superare il fiume quella notte e occupare le alture prima del mattino. È con i fremiti e i sussulti di questa romantica marcia notturna che il diario d'un tratto finisce."

Padre Brown stava facendo strada lungo il sentiero del bosco che era diventato più stretto, ripido e contorto al punto che avevano l'impressione di salire lungo una scala a chiocciola. La sua voce giunse dall'alto attraverso l'oscurità.

"C'è ancora un piccolo, seppure enorme dettaglio. Quando il generale li incitò a quella carica cavalleresca, sguainò la spada per metà e poi, come vergognandosi di un gesto così melodrammatico, la rinfoderò. Vedi, ancora una volta la spada."

"I conceive that all the earthquake events of that catastrophe tumbled on top of each other rather like lumber[120] in the minds of men such as our friend with the diary. With the dazed excitement of a dream, they found themselves falling – literally falling – into their ranks, and learned that an attack was to be led at once across the river. The general and the major, it was said, had found out something at the bridge, and there was only just time to strike for life. The major had gone back at once to call up the reserve along the road behind; it was doubtful if even with that prompt appeal help could reach them in time. But they must pass the stream that night, and seize the heights by morning. It is with the very stir and throb of that romantic nocturnal march that the diary suddenly ends."

Father Brown had mounted ahead; for the woodland path grew smaller, steeper, and more twisted, till they felt as if they were ascending[121] a winding staircase. The priest's voice came from above out of the darkness.

"There was one other little and enormous thing. When the general urged them to their chivalric charge he half drew his sword from the scabbard; and then, as if ashamed of such melodrama, thrust it back again. The sword again, you see."

---

[120] **lumber** – con questo termine si intendono mobili ingombranti che non servono più o che sono stati messi da parte; in senso esteso è riferito a qualsiasi oggetto di grandi dimensioni inutile o in disuso. Nell'inglese americano *lumber* significa anche "legname" (*timber* nell'inglese britannico) e infatti un "tagliaboschi" viene chiamato *lumberjack* (ma anche, a volte, *woodcutter*).

[121] **ascending** – il verbo *to ascend* è di origini latine e perciò di registro formale; descrive un movimento verso l'alto (*to ascend the stairs*, salire le scale). Un sinonimo di origine anglosassone e quindi meno formale potrebbe essere *to go up* oppure, a seconda del contesto, *to rise*. L'espressione *in ascending order* significa invece "in ordine crescente". Nella lingua inglese la *c* del digramma *sc*, quando è seguito da *e* o *i*, rimane solitamente muta, per cui la pronuncia corrisponde al suono iniziale della parola *sending* (invio); altri esempi sono *scent* (profumo, omofono di *sent*) oppure *scissors* (forbici).

Una luce fioca spuntò attraverso l'intrico di rami che li sovrastava, proiettando ai loro piedi l'ombra di una rete, dato che stavano nuovamente salendo nel debole chiarore di quella notte desolata. Flambeau sentì la verità tutt'intorno a sé come un'atmosfera, ma non come un'idea vera e propria. Rispose all'amico con la mente frastornata: "Be', che cosa c'è di strano? Gli ufficiali di solito hanno una spada, no?".

"È un oggetto che non viene menzionato spesso nella guerra moderna" osservò l'altro in tono obiettivo, "ma in questa vicenda quella benedetta spada salta fuori dappertutto".

"Ebbene, che vuol dire?" borbottò Flambeau. "È un dettaglio di poco valore e pittoresco; la spada del vecchio si è spezzata proprio durante la sua ultima battaglia. Chiunque avrebbe scommesso che i giornali se ne sarebbero impossessati, come di fatto è accaduto. Su tutte quelle tombe e negli altri posti la spada è raffigurata con la punta rotta. Spero non mi abbiate trascinato in questa spedizione polare soltanto perché un paio di persone che avevano un certo gusto per le immagini a effetto hanno notato la spada spezzata di St Clare."

"No" esclamò padre Brown con una voce penetrante come un colpo di pistola, "ma chi ha visto la spada prima che si spezzasse?".

"Che cosa volete dire?" domandò l'altro, fermandosi sotto le stelle. D'un tratto erano usciti dai grigi cancelli del bosco.

A half-light broke through the network of boughs above them, flinging the ghost of a net about their feet; for they were mounting again to the faint luminosity of the naked night. Flambeau felt truth all round him as an atmosphere, but not as an idea. He answered with bewildered[122] brain: "Well, what's the matter with the sword? Officers generally have swords, don't they?"

"They are not often mentioned in modern war," said the other dispassionately; "but in this affair one falls over the blessed sword everywhere."

"Well, what is there in that?" growled Flambeau; "it was a twopence coloured[123] sort of incident; the old man's blade breaking in his last battle. Anyone might bet the papers would get hold of it, as they have. On all these tombs and things it's shown broken at the point. I hope you haven't dragged me through this Polar expedition merely because two men with an eye for a picture saw St Clare's broken sword."

"No," cried Father Brown, with a sharp voice like a pistol shot; "but who saw his unbroken sword?"

"What do you mean?" cried the other, and stood still under the stars. They had come abruptly out of the grey gates of the wood.

---

[122] **bewildered** – questo aggettivo corrisponde al participio passato del verbo *to bewilder* (confondere, disorientare). Diversamente dalle parole *wild* (selvaggio) e *wildness* (l'essere selvaggio), nelle quali la prima vocale ha lo stesso suono presente in *child* (bambino), il verbo *to bewilder* e l'aggettivo *bewildered* si pronunciano con la stessa *i* di *kill* (uccidere) o *fill* (riempire).

[123] **twopence coloured** – il termine *twopence* indica una moneta del valore di due penny, specialmente nel sistema monetario britannico precedente la decimalizzazione (*decimal day*, 15 febbraio 1971). La locuzione aggettivale *twopence coloured* risale invece al prezzo pagato nel primo Ottocento per le stampe a colori dei personaggi di teatro, in opposizione alle stampe in bianco e nero vendute al prezzo di un penny; in senso figurato descrive qualcosa di vistoso e pacchiano, di scarsa qualità o di cattivo gusto.

"Voglio dire, chi ha visto la spada prima che si spezzasse?" ripeté padre Brown con fare ostinato. "Non colui che ha scritto il diario, in ogni caso, dato che il generale la rinfoderò in tempo."

Flambeau si guardò intorno nella penombra lunare, come farebbe un uomo accecato alla luce del sole, e il suo amico proseguì il racconto, per la prima volta infervorandosi.

"Flambeau" esclamò, "non lo posso provare, nemmeno dopo aver frugato tra le tombe. Però ne sono certo. Lascia che aggiunga ancora un piccolo fatto che capovolge la situazione. Per uno strano caso, il colonnello fu uno dei primi a essere colpito da un proiettile, molto prima che le truppe giungessero a distanza ravvicinata. Eppure vide la spada di St Clare spezzata. Perché? Com'era accaduto? Amico mio, la spada era già spezzata prima della battaglia".

"Oh!" fece l'altro con una sorta di triste umorismo; "e, di grazia, dove sarebbe l'altro pezzo?"

"Te lo posso dire" rispose prontamente il sacerdote. "Nell'angolo nordorientale del cimitero della cattedrale protestante di Belfast."

"Davvero?" domandò Flambeau. "Lo avete cercato?"

"I say, who saw his unbroken sword?" repeated Father Brown obstinately. "Not the writer of the diary, anyhow; the general sheathed it in time."

Flambeau looked about him in the moonlight, as a man struck blind might look in the sun; and his friend went on for the first time with eagerness:

"Flambeau," he cried, "I cannot prove it, even after hunting through the tombs. But I am sure of it. Let me add just one more tiny fact that tips the whole thing over. The colonel, by a strange chance, was one of the first struck by a bullet. He was struck long before the troops came to close quarters.[124] But he saw St Clare's sword broken. Why was it broken? How was it broken? My friend, it was broken before the battle."

"Oh!" said his friend, with a sort of forlorn jocularity; "and pray where is the other piece?"

"I can tell you," said the priest promptly. "In the north-east corner of the cemetery of the Protestant Cathedral[125] at Belfast."

"Indeed?" inquired the other. "Have you looked for it?"

[124] **close quarters** – il sostantivo *quarter* ha diversi significati, ma in origine indicava ognuno dei quattro lati di una nave. Quando un'imbarcazione nemica si accostava per l'arrembaggio, si diceva che essa si trovava *at close quarters.* Questa espressione è passata poi nell'uso comune per indicare che qualcosa si trova "a distanza ravvicinata", mentre *close quarters* indica "prossimità" o una "breve distanza".

[125] **Protestant Cathedral** – in Gran Bretagna molte città hanno due cattedrali, di cui una protestante e l'altra cattolica: a Londra Westminster Abbey è protestante, mentre Westminster Cathedral è di rito cattolico romano. Si noti che in inglese le parole che indicano l'appartenenza a una religione, analogamente agli aggettivi che esprimono la nazionalità, vanno scritte con l'iniziale maiuscola. Per quanto riguarda la pronuncia, sia *Protestant* sia *Catholic* hanno l'accento sulla prima sillaba. Esiste anche la grafia minuscola *catholic* con il significato originario di "universale", "generale" e, in senso esteso, "tollerante", "aperto di mente".

"Non mi è stato possibile" replicò padre Brown con sincero dispiacere. "Sopra c'è un grande monumento di marmo, un monumento dedicato all'eroico maggiore Murray, caduto gloriosamente nella celebre battaglia del Rio Negro."

Flambeau sembrò d'un tratto rianimarsi. "Volete dire" gridò con voce roca, "che il generale St Clare odiava Murray e lo ha ucciso sul campo di battaglia perché..."

"Sei ancora troppo buono e innocente" lo interruppe l'altro. "Fu peggio di così."

"E va bene" si arrese l'omone, "la mia riserva di cattivi pensieri si è esaurita".

Il sacerdote sembrava davvero non sapere da dove cominciare e finì con il dire di nuovo: "Un saggio dove nasconderebbe una foglia? Nella foresta".

L'altro non rispose.

"Se non ci fosse una foresta, ne creerebbe una. E se volesse nascondere una foglia morta, creerebbe una foresta morta."

Di nuovo non ci fu risposta e allora il sacerdote aggiunse con voce ancor più bassa e pacata:

"E se dovesse nascondere un cadavere, creerebbe un campo di cadaveri in cui nasconderlo".

"I couldn't," replied Brown, with frank regret. "There's a great marble monument on top of it; a monument to the heroic Major Murray, who fell fighting gloriously at the famous Battle of the Black River."

Flambeau seemed suddenly galvanised into existence. "You mean," he cried hoarsely,[126] "that General St Clare hated Murray, and murdered him on the field of battle because —"

"You are still full of good and pure thoughts," said the other. "It was worse than that."

"Well," said the large man, "my stock of evil[127] imagination is used up."

The priest seemed really doubtful where to begin, and at last he said again:

"Where would a wise man hide a leaf? In the forest."

The other did not answer.

"If there were no forest, he would make a forest. And if he wished to hide a dead leaf, he would make a dead forest."

There was still no reply, and the priest added still more mildly and quietly:

"And if a man had to hide a dead body, he would make a field of dead bodies to hide it in."

[126] **hoarsely** – avverbio derivato dall'aggettivo *hoarse* (rauco), che è un omofono del sostantivo *horse* (cavallo).

[127] **evil** – aggettivo che vuol dire "malvagio", "maligno". Nonostante la sua somiglianza per quanto riguarda la grafia e il significato con il termine *devil*, la pronuncia è diversa a causa di una differente etimologia: la *e* di *evil* è lunga e simile al suono iniziale di *eagle* (aquila) o *eat* (mangiare), mentre la *e* di *devil* è breve e corrisponde al suono vocalico in parole come *red* (rosso) o Devon.

Flambeau si mise a camminare con passo deciso, non sopportando di indugiare oltre in quel luogo, ma padre Brown continuò a parlare come proseguendo la sua ultima frase.

"Sir Arthur St Clare, come ho già detto, era un uomo che leggeva la Bibbia, la *sua* Bibbia. Ed era proprio questo il problema. Quando capirà la gente che è inutile leggere la propria Bibbia se non si legge anche quella degli altri? Un tipografo legge la Bibbia in cerca di refusi. Un mormone la legge e vi trova la poligamia; la legge un seguace della chiesa scientista e scopre che non abbiamo né gambe né braccia. St Clare era un vecchio soldato protestante angloindiano. Ora, prova a pensare a cosa può significare e, per l'amor del cielo, evita qualunque ipocrisia bigotta. Può significare un uomo dal fisico eccezionale che vive sotto il sole tropicale di una società orientale e che si immerge, senza buonsenso né guida, in un libro orientale. Naturalmente leggeva il Vecchio Testamento, più che il Nuovo. E naturalmente nel Vecchio trovò tutto quello che voleva: lussuria, tirannia, tradimento. Oh, immagino fosse in buona fede, come si dice. Ma qual è il merito di un uomo che venera onestamente la disonestà?

"In ciascuno dei caldi e misteriosi paesi in cui viaggiò, quell'uomo si fece un harem, torturò i testimoni e accumulò infami ricchezze, ma certo egli avrebbe affermato con sguardo sincero che lo faceva per la gloria di

Flambeau began to stamp forward with an intolerance of delay in time or space; but Father Brown went on as if he were continuing the last sentence:

"Sir Arthur St Clare, as I have already said, was a man who read his Bible. That was what was the matter with *him*. When will people understand that it is useless for a man to read his Bible unless[128] he also reads everybody else's Bible? A printer reads a Bible for misprints. A Mormon reads his Bible, and finds polygamy; a Christian Scientist reads his, and finds we have no arms and legs. St Clare was an old Anglo-Indian Protestant soldier. Now, just think what that might mean; and, for Heaven's sake, don't cant about it. It might mean a man physically formidable living under a tropic sun in an Oriental society, and soaking himself without sense or guidance in an Oriental book. Of course, he read the Old Testament rather than the New. Of course, he found in the Old Testament anything that he wanted – lust, tyranny, treason.[129] Oh, I dare say he was honest, as you call it. But what is the good of a man being honest in his worship of dishonesty?

"In each of the hot and secret countries to which the man went he kept a harem, he tortured witnesses, he amassed shameful gold; but certainly he would have said with steady eyes that he did it to the glory of

[128] **unless** – un periodo introdotto da questa congiunzione pone solitamente una condizione a quanto affermato nella proposizione principale (*I will not attend the course unless my company pays the expenses*, "non frequenterò il corso a meno che la mia azienda non mi rimborsi le spese"; lo stesso concetto potrebbe essere espresso anche con *I will attend the course only if my company pays the expenses*).

[129] **treason** – termine usato specialmente in ambito legale per indicare un "tradimento" (*he was accused of high treason against the state*, fu accusato di alto tradimento ai danni dello stato). Hanno lo stesso significato, ma con sfumature leggermente diverse, *betrayal*, riferito in particolare al tradimento all'interno di un rapporto personale, e *treachery*, più generico e traducibile in italiano con "slealtà". *Treason* è entrato nella lingua inglese dal francese, ma risale al latino *traditio* (consegna, cessione) e quindi alla stessa origine della parola inglese *tradition* (tradizione).

Dio. Credo che la domanda 'Quale Dio?' esprima con sufficiente chiarezza la mia teologia. A ogni modo, la caratteristica di tale depravazione è che apre una serie di porte verso l'inferno, porte che conducono in stanze sempre più anguste. È questa la vera tesi da sostenere contro il peccato, ossia che esso non rende l'uomo sempre più sfrenato, ma sempre più meschino. St Clare si ritrovò ben presto stretto in una morsa di ricatti ed estorsioni e con un crescente bisogno di denaro. All'epoca della battaglia del Rio Negro, era ormai giunto di caduta in caduta in quel luogo che Dante pone al livello più infimo del cosmo."

"Cosa volete dire?" domandò di nuovo l'amico.

"Voglio dire *quello*" replicò il sacerdote, indicando d'un tratto una pozzanghera sigillata dal gelo che brillava alla luce della luna. "Ricordi chi ha messo Dante nell'ultimo girone di ghiaccio?"

"I traditori" rispose Flambeau con un brivido. Guardando intorno a sé quell'inumano paesaggio di alberi dalle sagome beffarde e quasi oscene, gli parve quasi di essere Dante in persona, e che il sacerdote con quel filo di voce fosse proprio un Virgilio che lo conduceva attraverso una landa di eterni peccati.

La voce continuò: "Olivier, come sai, era un vero Don Chisciotte e non avrebbe mai autorizzato l'uso di servizi segreti e spie. Tuttavia ciò avvenne, come molte altre cose, a sua insaputa. Se ne occupò il mio

the Lord. My own theology is sufficiently expressed by asking which Lord? Anyhow, there is this about such evil, that it opens door after door in hell, and always into smaller and smaller chambers. This is the real case against crime, that a man does not become wilder and wilder, but only meaner and meaner. St Clare was soon suffocated by difficulties of bribery and blackmail;[130] and needed more and more cash. And by the time of the Battle of the Black River he had fallen from world to world to that place which Dante makes the lowest floor of the universe."

"What do you mean?" asked his friend again.

"I mean *that,*" retorted the cleric, and suddenly pointed at a puddle sealed with ice that shone in the moon. "Do you remember whom Dante put in the last circle of ice?"

"The traitors," said Flambeau, and shuddered. As he looked around at the inhuman landscape of trees, with taunting and almost obscene outlines, he could almost fancy he was Dante, and the priest with the rivulet of a voice was, indeed, a Virgil leading him through a land of eternal sins.

The voice went on: "Olivier, as you know, was quixotic,[131] and would not permit a secret service and spies. The thing, however, was done, like many other things, behind his back. It was managed by my

---

[130] **blackmail** – termine composto da *black* (nero) e *mail,* che non ha niente a che vedere con la parola inglese per "posta", ma deriva da un vecchio termine scozzese per dire "affitto". Il termine *blackmail* cominciò a entrare nell'uso con il significato di "affitto nero" (cioè non dovuto) per riferirsi al denaro estorto a forza agli affittuari in cambio di protezione e in contrapposizione al termine *white money* (monete d'argento), cioè il denaro con cui gli affittuari delle Highlands pagavano la terra ai loro signori.

[131] **quixotic** – questo aggettivo, che descrive una persona o un comportamento idealista e ingenuo oppure eccessivamente romantico, deriva dal nome inglese (Don Quixote) del protagonista dell'opera di Cervantes *Don Quijote de la Mancha.*

vecchio amico Espado; era lui il damerino che vestiva con colori sgargianti, il cui naso adunco gli era valso il soprannome di Avvoltoio. Atteggiandosi a una sorta di filantropo, si insinuò cautamente tra le fila dell'esercito inglese, arrivando infine a mettere le mani sull'unico uomo corrotto – a Dio piacendo! – che era anche quello al vertice. St Clare aveva un disperato bisogno di soldi, e anche tanti. Lo screditato medico di famiglia minacciava di fare sensazionali rivelazioni che in seguito emersero e poi vennero bloccate; racconti di preistoriche mostruosità accadute a Park Lane, atti compiuti da un evangelico inglese che avevano a che fare con sacrifici umani e orde di schiavi. Il generale necessitava di denaro anche per la dote della figlia, poiché per lui la fama di ricchezza era dolce quanto la ricchezza stessa. Spezzò così l'ultimo filo, passò informazioni segrete al Brasile e il denaro fluì nelle sue tasche dai nemici dell'Inghilterra. Ma anche un altro uomo aveva parlato con Espado l'Avvoltoio. In qualche modo il bruno e giovane maggiore dell'Ulster dall'atteggiamento severo aveva intuito quell'orribile verità e, mentre percorrevano lentamente insieme la strada che portava al ponte, Murray disse al generale che doveva dimettersi all'istante, altrimenti sarebbe stato processato dalla corte marziale e fucilato. Il generale temporeggiò finché non giunsero ai margini di un gruppo di alberi tropicali nelle vicinanze del ponte e lì, accanto al fiume gorgogliante e alle palme illuminate dal sole (perché riesco proprio a figurarmi la scena), il generale sguainò la sciabola e la conficcò nel corpo del maggiore".

old friend Espado; he was the bright-clad fop, whose hook nose got him called the Vulture. Posing as a sort of philanthropist at the front, he felt his way through the English Army, and at last got his fingers on its one corrupt man – please God! – and that man at the top. St Clare was in foul need of money, and mountains of it. The discredited family doctor was threatening those extraordinary exposures that afterwards began and were broken off; tales of monstrous and prehistoric things in Park Lane;[132] things done by an English Evangelical that smelt like human sacrifice and hordes of slaves. Money was wanted, too, for his daughter's dowry; for to him the fame of wealth was as sweet as wealth itself. He snapped the last thread, whispered the word to Brazil, and wealth poured in from the enemies of England. But another man had talked to Espado the Vulture as well as he. Somehow the dark, grim young major from Ulster had guessed the hideous truth; and when they walked slowly together down that road towards the bridge Murray was telling the general that he must resign instantly, or be court-martialled[133] and shot. The general temporised with him till they came to the fringe of tropic trees by the bridge; and there by the singing river and the sunlit palms (for I can see the picture) the general drew his sabre and plunged it through the body of the major."

[132] **Park Lane** – via principale nel *borough* londinese della City of Westminster, nei pressi di Hyde Park. Con l'allargamento avvenuto negli anni Sessanta del Novecento, perse molto del suo fascino di zona residenziale privilegiata e oggi è una delle vie più trafficate e rumorose del centro di Londra.

[133] **court-martialled** – variante britannica (quella americana è *court-martialed*) del participio passato del verbo *to court-martial* (processare in una corte marziale), formato a partire dal sostantivo *court martial* (corte marziale), a sua volta derivato dal francese *cour martiale.* In inglese l'espressione ha mantenuto l'ordine tipico della lingua francese, con l'aggettivo posposto al sostantivo (*post-positive adjective*); un caso analogo è, per esempio, *force majeur* (forza maggiore).

Nel freddo pungente, tra aspre sagome nere di cespugli e boschetti, la strada gelata passava sopra un crinale, oltre il quale a Flambeau parve di scorgere vagamente i contorni di un alone che non era la luce delle stelle o della luna, ma un fuoco fatto dall'uomo. Lo osservò via via che il racconto volgeva al termine.

"St Clare era un cane spregevole, ma comunque un cane di razza. Mai, lo posso giurare, fu tanto lucido e tenace come quando il povero Murray giacque ormai freddo ai suoi piedi. Mai in tutti i suoi trionfi, come osservò giustamente il capitano Keith, quel grand'uomo fu tanto grande come in quell'ultima sconfitta che suscitò lo sdegno del mondo intero. Con freddezza esaminò la propria arma per ripulirla dal sangue e si accorse che la punta che aveva conficcato tra le spalle della sua vittima si era spezzata, rimanendo dentro il corpo. Con grande calma, quasi guardasse attraverso la finestra di un circolo, vide tutto quello che ne sarebbe derivato. Capì che gli uomini avrebbero trovato quell'inspiegabile cadavere, ne avrebbero estratto l'inspiegabile punta di una spada e avrebbero poi notato la sua spada inspiegabilmente spezzata... oppure l'assenza di questa. Aveva ucciso, ma non aveva messo a tacere. Tuttavia il suo imperioso intelletto insorse contro quella difficoltà; c'era ancora un modo. Poteva rendere quel cadavere meno inspiegabile. Poteva creare una montagna di cadaveri che lo coprissero. E venti minuti più tardi ottocento soldati inglesi stavano marciando incontro alla morte."

Il caldo bagliore oltre il nero bosco invernale si fece più intenso e luminoso e Flambeau prese a camminare più in fretta per raggiungerlo. Anche padre Brown affrettò il passo, benché sembrasse del tutto assorto nel proprio racconto.

The wintry road curved over a ridge in cutting frost, with cruel black shapes of bush and thicket; but Flambeau fancied that he saw beyond it faintly the edge of an aureole that was not starlight and moonlight, but some fire such as is made by men. He watched it as the tale drew to its close.

"St Clare was a hell-hound,[134] but he was a hound of breed. Never, I'll swear, was he so lucid and so strong as when poor Murray lay a cold lump at his feet. Never in all his triumphs, as Captain Keith said truly, was the great man so great as he was in this last world-despised defeat. He looked coolly at his weapon to wipe off the blood; he saw the point he had planted between his victim's shoulders had broken off[135] in the body. He saw quite calmly, as through a club windowpane, all that must follow. He saw that men must find the unaccountable corpse; must extract the unaccountable sword-point; must notice the unaccountable broken sword – or absence of sword. He had killed, but not silenced. But his imperious intellect rose against the facer; there was one way yet. He could make the corpse less unaccountable. He could create a hill of corpses to cover this one. In twenty minutes eight hundred English soldiers were marching down to their death."

The warmer glow behind the black winter wood grew richer and brighter, and Flambeau strode on to reach it. Father Brown also quickened his stride; but he seemed merely absorbed in his tale.

[134] **hell-hound** – termine composto da *hell* (inferno) e *hound* (segugio) usato originariamente in riferimento a Cerbero, il mostro della mitologia greca a guardia dell'ingresso dell'Ade, il mondo degli inferi; nel racconto indica una "persona malvagia".

[135] **broken off** – participio passato del *phrasal verb to break off*, composto da *to break* (spezzare, rompere) e dall'avverbio *off*, che aggiunge al verbo la connotazione di qualcosa che viene tolto o staccato. Questa sfumatura conferita da *off* ai verbi è evidente anche in *to wipe off* (cancellare strofinando) o *to bite off* (staccare con un morso).

"Tale era il valore di quel migliaio di inglesi e tale il genio del loro comandante che, se avessero attaccato subito la collina, perfino quella folle marcia avrebbe potuto avere un certo successo. Ma la mente malvagia che li muoveva come fossero pedine aveva altri scopi e motivi. Dovevano restare nelle paludi accanto al ponte almeno fino a quando la presenza di cadaveri inglesi non avrebbe più dato nell'occhio. Dopodiché ci sarebbe stato il gran finale; il soldato-santo dall'argentea chioma avrebbe consegnato la spada spezzata per evitare un'ulteriore carneficina. Oh, era ben concepito per essere un piano improvvisato. Ma io penso (anche se non posso provarlo), io penso che, mentre erano inchiodati lì in quel maledetto pantano, qualcuno dubitò... e intuì la verità."

Restò un momento in silenzio e poi aggiunse: "Una voce che non so da dove viene mi dice che tale intuizione la ebbe l'innamorato... il promesso sposo della figlia del vecchio".

"Ma che senso hanno il comportamento di Olivier e l'impiccagione?" domandò Flambeau.

"Olivier, per motivi in parte cavallereschi e in parte strategici, di rado appesantiva la propria avanzata con dei prigionieri" spiegò il narratore. "La maggior parte delle volte liberava tutti. E anche stavolta."

"Tutti tranne il generale" precisò l'omone.

"Tutti" replicò il sacerdote.

Flambeau aggrottò le nere sopracciglia. "Mi sfugge ancora qualcosa" ammise.

"Such was the valour of that English thousand, and such the genius of their commander, that if they had at once attacked the hill, even their mad march might have met some luck. But the evil mind that played with them like pawns[136] had other aims and reasons. They must remain in the marshes by the bridge at least till British corpses should be a common sight there. Then for the last grand scene; the silver-haired soldier-saint would give up his shattered sword to save further slaughter. Oh, it was well organised for an impromptu. But I think (I cannot prove), I think that it was while they stuck there in the bloody mire that someone doubted – and someone guessed."

He was mute a moment, and then said: "There is a voice from nowhere that tells me the man who guessed was the lover... the man to wed[137] the old man's child."

"But what about Olivier and the hanging?" asked Flambeau.

"Olivier, partly from chivalry, partly from policy, seldom encumbered his march with captives," explained the narrator. "He released everybody in most cases. He released everybody in this case."

"Everybody but the general," said the tall man.

"Everybody," said the priest.

Flambeau knitted his black brows. "I don't grasp it all yet," he said.

---

[136] **pawns** – *pawn* è un termine appartenente al gioco degli scacchi, in cui indica il "pedone". In senso esteso denota invece una persona usata e sfruttata da un'altra per i propri interessi, una "pedina" (*we are just pawns in his hands*, siamo solo pedine nelle sue mani). Per quanto riguarda la pronuncia, il suono vocalico del termine *pawn* corrisponde a quello in *dawn* (alba), *worn* (indossato) o *born* (nato).

[137] **to wed** – verbo che significa "sposare"; rispetto a *to marry* pone maggiormente l'accento sulla celebrazione della cerimonia. Lo stesso vale per i sostantivi dai quali derivano, *wedding* e *marriage*, traducibili entrambi con "matrimonio", anche se *marriage* di solito designa il rapporto che lega due persone sposate, mentre *wedding* è il "matrimonio" nel senso di "cerimonia nuziale". In alcuni casi, però, anche *marriage* può essere usato nel senso di "cerimonia" (*the marriage took place at the local church*, il matrimonio è stato celebrato nella chiesa del luogo).

"C'è un'altra scena, Flambeau" disse padre Brown, abbassando la voce in un enigmatico bisbiglio. "Non la posso provare, ma posso fare di più... la posso vedere. È mattina e l'accampamento sulle spoglie e torride colline viene smantellato, mentre i soldati con l'uniforme brasiliana si radunano in gruppi e colonne, pronti a mettersi in marcia. Olivier, in piedi, con una camicia rossa e la lunga barba nera svolazzante, stringe in mano il cappello a tesa larga. Sta dicendo addio al grande nemico che ha appena liberato, quel sobrio e canuto veterano inglese che lo ringrazia a nome dei propri uomini. I superstiti inglesi sono dietro di lui, sull'attenti; accanto a loro ci sono provviste e veicoli per la ritirata. I tamburi rullano; i brasiliani si avviano; gli inglesi sono immobili come statue. E così rimangono fino a quando l'ultimo brusio e bagliore del nemico non sono svaniti oltre l'orizzonte tropicale. Poi d'un tratto cambiano posizione, come morti che resuscitano, e volgono i loro cinquanta volti verso il generale... volti da non dimenticare."

Flambeau ebbe un sussulto. "Ah" esclamò. "Non starete dicendo che..."

"Sì" confermò padre Brown con voce profonda e toccante. "Era inglese la mano che mise la corda intorno al collo di St Clare; immagino sia la stessa che infilò l'anello al dito di sua figlia. Erano inglesi le mani che lo trascinarono fino all'albero del disonore, le mani di uomini che lo avevano adorato e seguito verso il trionfo. Ed erano inglesi (che Dio ci perdoni e ci sopporti!) le anime che lo guardarono penzolare sotto un sole straniero dalla verde forca di una palma e che, nel loro odio, pregarono affinché andasse dritto all'inferno."

"There is another picture, Flambeau," said Brown in his more mystical undertone. "I can't prove it; but I can do more – I can see it. There is a camp breaking up on the bare, torrid hills at morning, and Brazilian uniforms massed in blocks and columns to march. There is the red shirt and long black beard of Olivier, which blows as he stands, his broad-brimmed hat in his hand. He is saying farewell[138] to the great enemy he is setting free – the simple, snow-headed English veteran, who thanks him in the name of his men. The English remnant stand behind at attention; beside them are stores and vehicles for the retreat. The drums roll; the Brazilians are moving;[139] the English are still like statues. So they abide till the last hum and flash of the enemy have faded from the tropic horizon. Then they alter their postures all at once, like dead men coming to life; they turn their fifty faces upon the general – faces not to be forgotten."

Flambeau gave a great jump. "Ah," he cried. "You don't mean —"

"Yes," said Father Brown in a deep, moving voice. "It was an English hand that put the rope round St Clare's neck; I believe the hand that put the ring on his daughter's finger. They were English hands that dragged him up to the tree of shame; the hands of men that had adored him and followed him to victory. And they were English souls (God pardon and endure us all!) who stared at him swinging in that foreign sun on the green gallows of palm, and prayed in their hatred that he might drop off it into hell."

---

138 **farewell** – saluto cordiale usato solitamente quando ci si aspetta di non vedersi più o anche per dare l'estremo saluto. Il termine è composto da *to fare* (passarsela, cavarsela) e dall'avverbio *well*, per cui include l'augurio di stare bene. Il saluto *goodbye* (letteralmente *God be with you*, "Dio sia con te") viene usato in genere ogni volta che ci si lascia; in modo più colloquiale si dice anche *bye* oppure *bye-bye*. Il saluto *adieu*, dal francese *à Dieu* (a Dio) corrisponde all'uso di *goodbye*, ma appartiene a un registro poetico-letterario.

139 **moving** – il significato principale del verbo *to move* è "muovere", dal quale si sono sviluppate varie accezioni con sfumature diverse. Nel contesto del racconto *moving* (forma del participio presente, usato in funzione aggettivale) è da interpretare come qualcosa che muove i sentimenti.

Non appena giunsero in cima al crinale, i due uomini furono investiti dalla vivida luce scarlatta di una locanda inglese con le tende rosse. Stava di traverso sulla strada, quasi si facesse da parte in un ampio gesto ospitale. Le sue tre porte erano aperte, un invito a entrare, e perfino da dove si trovavano loro si udivano il brusio e le risa di chi è felice per una notte.

"Non occorre che ti racconti altro" disse padre Brown. "Lo processarono in quella terra selvaggia e lo uccisero; e poi, per l'onore dell'Inghilterra e di sua figlia, giurarono di non rivelare mai la storia del denaro del traditore e della spada dell'assassino. Forse – che il cielo li assista – cercarono di dimenticare. Ora cerchiamo di farlo anche noi; ecco la nostra locanda."

"Molto volentieri" replicò Flambeau, e stava entrando nell'osteria illuminata e rumorosa quando fece un passo indietro e per poco non cadde a terra.

"Guardate lì, per tutti i diavoli!" gridò, indicando impietrito l'insegna quadrata di legno che pendeva sulla strada. Nella debole luce vi si scorgeva l'immagine abbozzata dell'elsa di una sciabola con la lama spuntata, accompagnata da una scritta in finti caratteri antichi che diceva: *All'insegna della spada spezzata.*

"Non te lo aspettavi?" domandò padre Brown in tono pacato. "È il dio di questo paese; qui metà delle taverne, dei parchi e delle strade prende il nome da lui e dalla sua storia."

"Credevo che quel reietto fosse un capitolo chiuso" esclamò Flambeau e poi sputò in terra.

As the two topped the ridge there burst on them the strong scarlet light of a red-curtained English inn. It stood sideways in the road, as if standing aside in the amplitude of hospitality. Its three doors stood open with invitation; and even where they stood they could hear the hum and laughter of humanity happy for a night.

"I need not tell you more," said Father Brown. "They tried him in the wilderness and destroyed him; and then, for the honour of England and of his daughter, they took an oath to seal up[140] for ever the story of the traitor's purse and the assassin's sword blade. Perhaps – Heaven help them – they tried to forget it. Let us try to forget it, anyhow; here is our inn."

"With all my heart," said Flambeau, and was just striding into the bright, noisy bar when he stepped back and almost fell on the road.

"Look there, in the devil's name!" he cried, and pointed rigidly at the square wooden sign that overhung[141] the road. It showed dimly the crude shape of a sabre hilt and a shortened blade; and was inscribed in false archaic lettering, "The Sign of the Broken Sword."

"Were you not prepared?" asked Father Brown gently. "He is the god of this country; half the inns and parks and streets are named after him and his story."

"I thought we had done with the leper," cried Flambeau, and spat on the road.

---

[140] **to seal up** – il verbo *to seal* significa "sigillare", "apporre un sigillo a", mentre il *phrasal verb to seal up* significa "chiudere con un sigillo". L'avverbio *up* in questo caso non ha il significato di "su" o "sopra", ma assume la connotazione di "chiuso", "al sicuro", come nel *phrasal verb to close up* (chiudere, chiudersi). Nel racconto *to seal up* è usato in senso figurato con il significato di "tenere segreto", "non rivelare".

[141] **overhung** – *to overhang* è un verbo composto che qui ha il significato di "essere appeso sopra". Lo stesso concetto potrebbe essere espresso anche dal semplice verbo *to hang* con la preposizione *over* (*the sign overhung/hung over the road*).

"In Inghilterra non sarà mai un capitolo chiuso" disse il sacerdote abbassando lo sguardo, "finché l'ottone e la pietra resisteranno al tempo. Le sue statue di marmo eleveranno per secoli gli animi di fieri e innocenti ragazzi, la sua tomba nel villaggio profumerà di gigli e di lealtà. Milioni di persone che non l'hanno mai conosciuto lo ameranno come un padre... quell'uomo che fu trattato come un rifiuto umano da quei pochi che per ultimi lo videro in vita. Sarà un santo e la verità su di lui non verrà mai raccontata, perché finalmente ho deciso. Quando si svela un segreto, si fa del bene così come del male, e quindi ho messo alla prova la mia condotta. Tutti quei giornali andranno distrutti; l'ostilità verso il Brasile si è già spenta; Olivier è onorato ovunque. Ma mi sono ripromesso che se ovunque, nel nome, sul metallo o sul marmo che dura quanto le piramidi, il colonnello Clancy o il capitano Keith o il presidente Olivier o qualsiasi altro innocente fosse stato a torto incolpato, avrei parlato. Se invece si fosse solo continuato a lodare ingiustamente St Clare, allora avrei taciuto. E dunque tacerò".

Si immersero nella taverna dalle tende rosse che all'interno non era soltanto accogliente, ma anche lussuosa. Su un tavolo c'era un modellino d'argento della tomba di St Clare con il capo d'argento chino e la spada d'argento spezzata. Alle pareti erano appese fotografie colorate di quello stesso luogo e delle carrozze che portavano i turisti a visitarlo. Si sedettero sulle comode panche imbottite.

"Accidenti, che freddo!" esclamò padre Brown. "Prendiamo un po' di vino o di birra."

"O di brandy" disse Flambeau.

"You will never have done with him in England," said the priest, looking down, "while brass is strong and stone abides. His marble statues will erect the souls of proud, innocent boys for centuries, his village tomb will smell of loyalty as of lilies. Millions who never knew him shall love him like a father – this man whom the last few that knew him dealt with like dung. He shall be a saint; and the truth shall never be told of him, because I have made up my mind at last. There is so much good and evil in breaking secrets, that I put my conduct to a test. All these newspapers will perish; the anti-Brazil boom is already over; Olivier is already honoured everywhere. But I told myself that if anywhere, by name, in metal or marble that will endure like the pyramids, Colonel Clancy, or Captain Keith, or President Olivier, or any innocent man was wrongly blamed,[142] then I would speak. If it were only that St Clare was wrongly praised, I would be silent. And I will."

They plunged into the red-curtained tavern, which was not only cosy, but even luxurious inside. On a table stood a silver model of the tomb of St Clare, the silver head bowed, the silver sword broken. On the walls were coloured photographs of the same scene, and of the system of wagonettes that took tourists to see it. They sat down on the comfortable padded[143] benches.

"Come, it's cold," cried Father Brown; "let's have some wine or beer."

"Or brandy," said Flambeau.

---

[142] **blamed** – il verbo *to blame*, qui alla forma passiva, significa "dare la colpa a", "accusare", e si usa nelle costruzioni *to blame someone for something* (*he blamed us for the failure of the project*, ha dato a noi la colpa per il fallimento del progetto), *someone/something is to blame for something* (*no one is to blame for these terrible events*, nessuno può essere ritenuto colpevole di questi terribili eventi) oppure *to blame something on something/someone* (*blame it on the weather*, dà la colpa al tempo).

[143] **padded** – il verbo *to pad*, qui al participio passato, in senso concreto significa "imbottire" qualcosa per renderlo comodo o per dare forma. I sostantivi *pad* o *padding* indicano invece il materiale con cui qualcosa viene imbottito. In senso figurato *to pad* indica che un testo scritto oppure un discorso viene gonfiato con parole altisonanti ma superflue, oppure che qualcosa, come per esempio un elenco o un conto spese, viene aumentato usando dati falsi.